世界への道

"義足のハイジャンパー"鈴木 徹の生き様

久保 弘毅 著

発行／スポーツイベント
発売／社会評論社

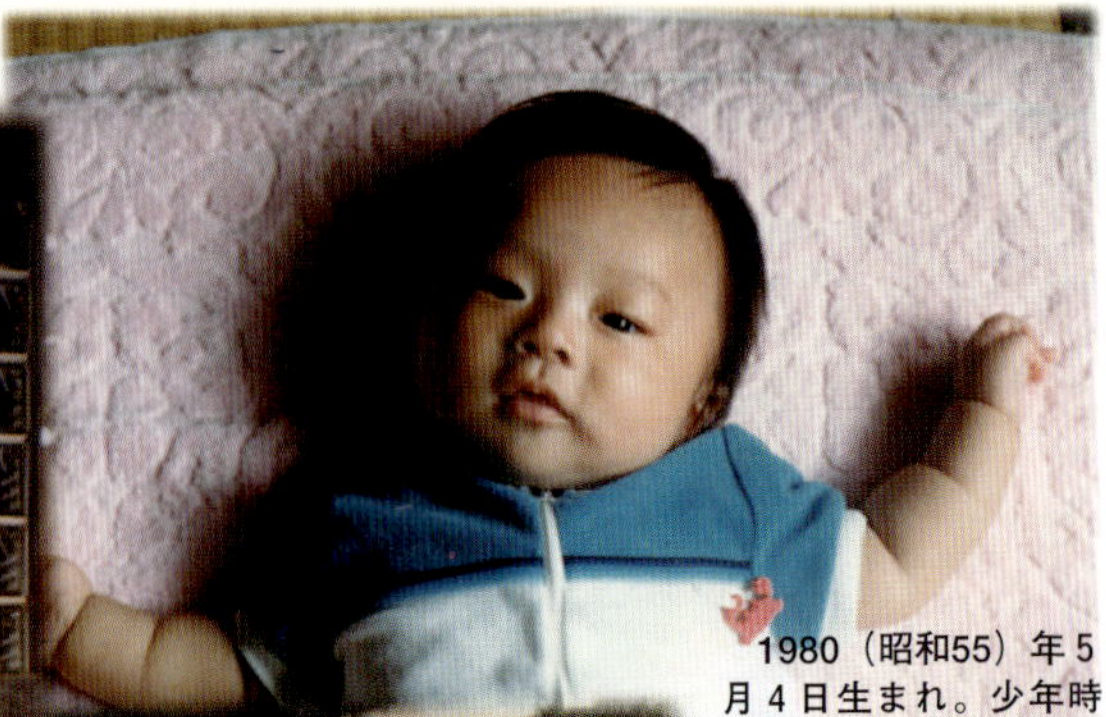

1980（昭和55）年５月４日生まれ。少年時代は野球、バスケットボールなどスポーツに夢中だった

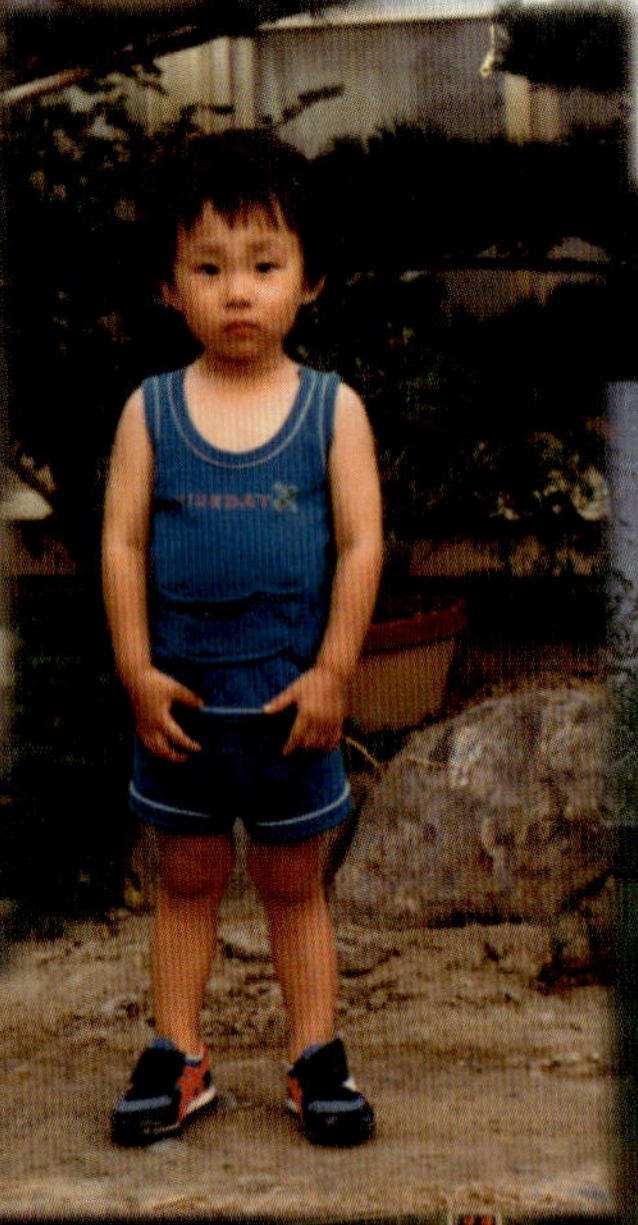

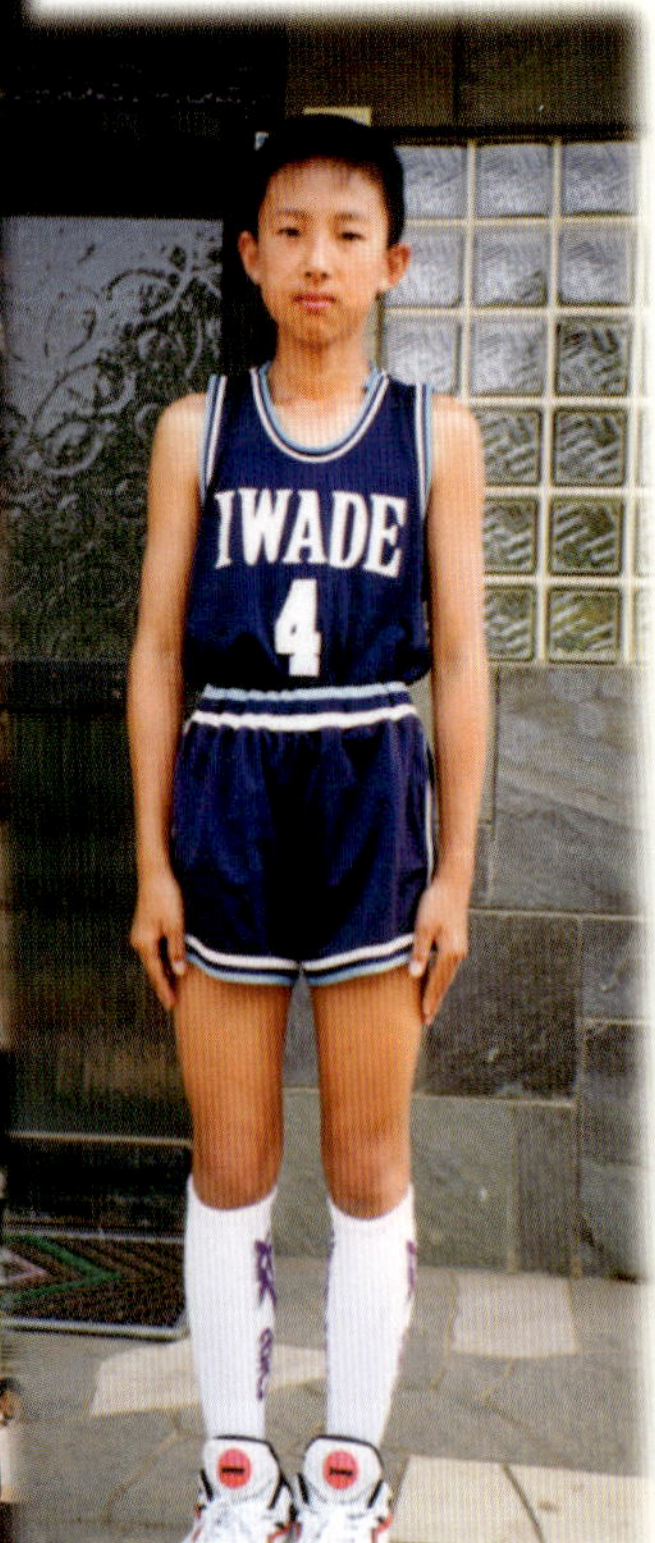

中学校からハンドボールを始め、高校最後の大会となった神奈川国体で全国３位に輝いた

抜群のスピードとジャンプ力で左サイドとして大活躍。ハンドボールでオリンピックに出るのが夢だった

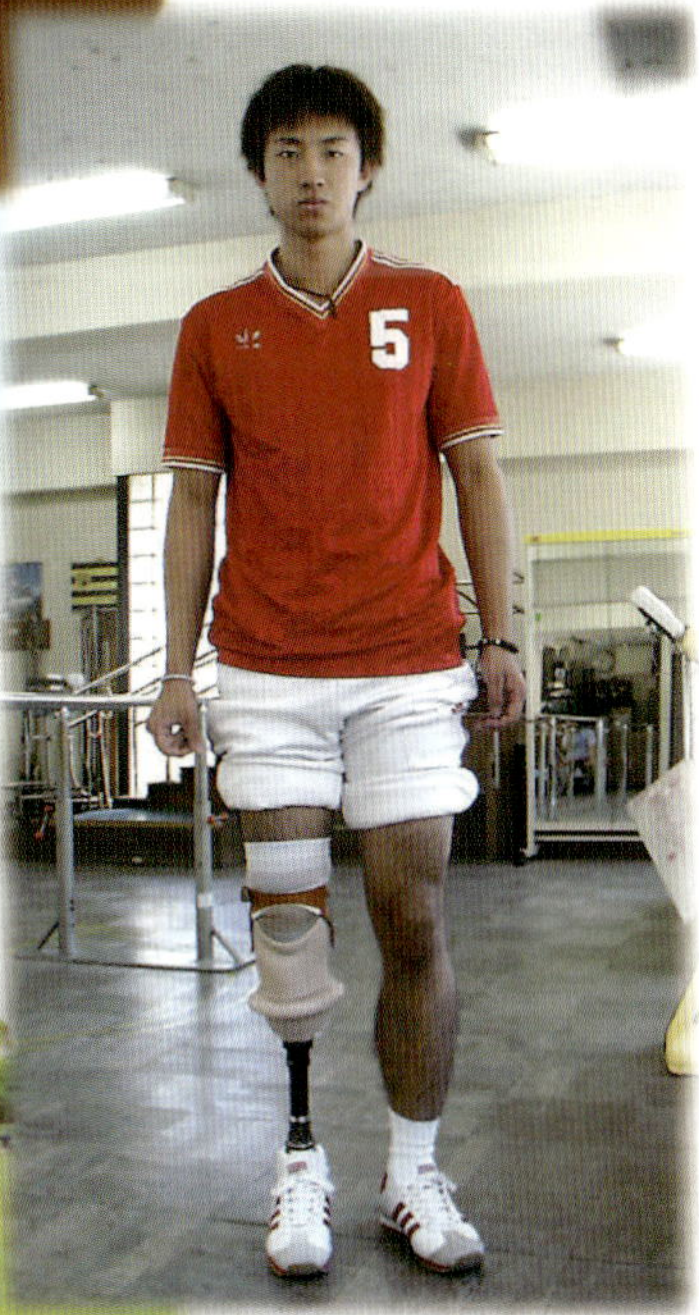

大学進学を目前にして右足を切断。リハビリ中に出会った走り高跳びに魅せられ、筑波大復学後は陸上部に転籍。“義足のハイジャンパー”の道を突き進んでいった

adidas
adidas
FORUM
adidas

「北京パラリンピックで金メダル獲得を！」――大目標に向かって地道なトレーニングにひたすら励む。その姿を、いつも富士山が温かく見守り続けてきた

日本記録保持者として国内では敵なし。過去２回のパラリンピックやワールドカップなど国際舞台の経験をへて、より一層の飛躍が期待されている

2008年の山梨県高校野球大会では始球式を務めた

国内初の義足のプロアスリートとして活動。足を失ったことで新たな世界が広がり、講演を中心にテレビ出演、トークショー、雑誌の対談なども精力的にこなしている。

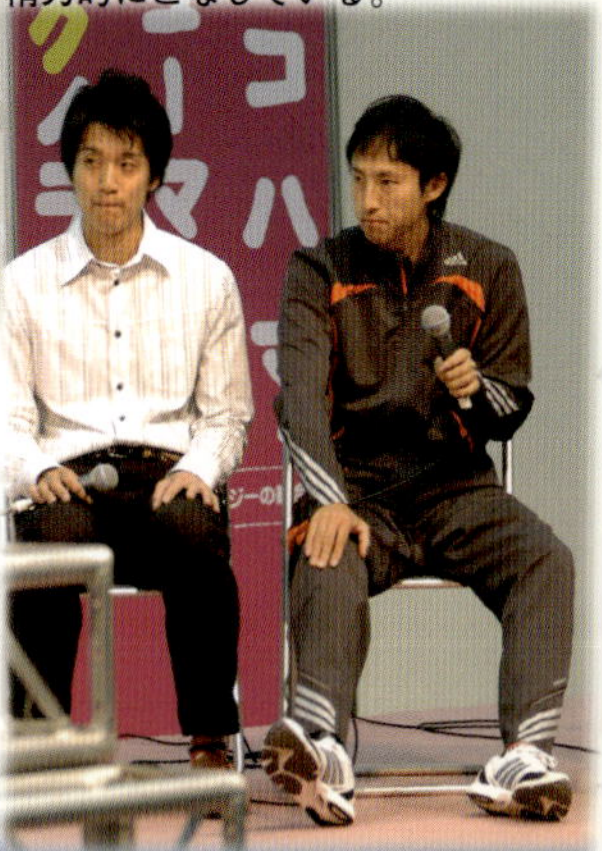

講演後に寄せられた感想文にはいつも勇気づけられている

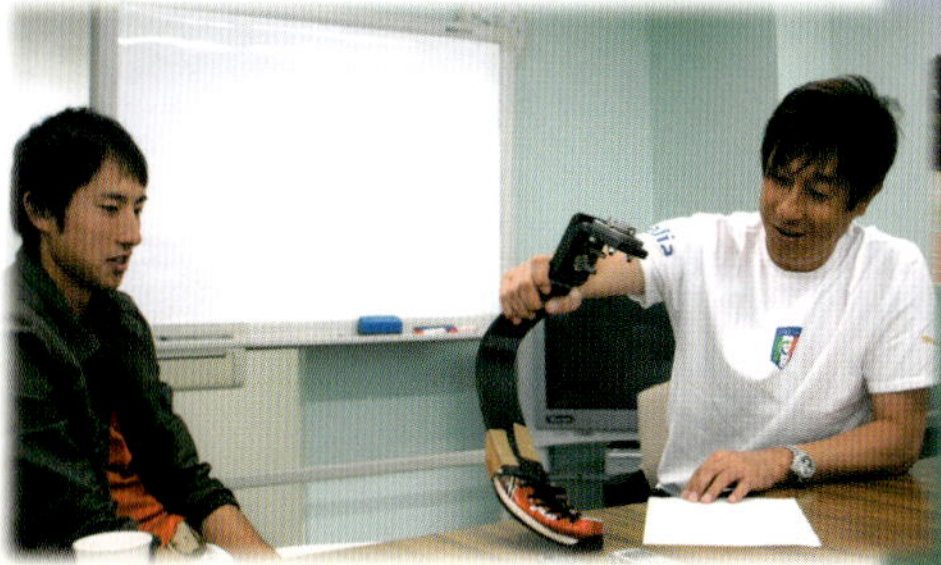

世界への道

“義足のハイジャンパー”
鈴木 徹の生き様

第1章　義足のハイジャンパー
第2章　トップアスリート鈴木徹
第3章　人間鈴木徹
第4章　北京へ、さらにその先へ

目次

第1章　義足のハイジャンパー

・交通事故……14
・右ヒザ下11㎝を残して切断……20
・繰り返す手術の中で……26
・義足とリハビリ……32
・ハイジャンプとの出会い……41
・恩師との出会い……62
・2mを越えた日……70

第2章　トップアスリート鈴木徹

・ベースを作る……84
・スピードフロップ……98
・歩き方がすべて……111
・ぼんやりと勝つ……120
・あえて環境を悪くしてみる……129
・振り子の原理……138
・プロって何だろう?……145
・障害者スポーツの問題点……159

目　次

第3章　人間鈴木徹

・鈴木徹の人生相談　その1 …… 170
（恋愛と結婚生活）
・鈴木徹の人生相談　その2 …… 176
（何事も必然）
・鈴木徹の人生相談　その3 …… 181
（自分の選択に責任を持つ）
・負けることの意味 …… 188
（人は「スランプ」と言うけれども）
・夢を持ち続ける …… 196
（でも、その途中は気にしない）
・講演活動 …… 204

第4章　北京へ、さらにその先へ

・日本選手団の旗手 …… 216
・垣根を跳び越え、新たな世界へ …… 221
「義足について」 …… 228

あとがき …… 234

第1章　義足のハイジャンパー

□交通事故

1999年2月24日の早朝。鈴木徹《すずきとおる》は友人3人とドライブに出ていた。当時鈴木は高校3年生。卒業式を間近に控えていた。中学、高校とハンドボール一筋《ひとすじ》だった鈴木は、大学でも体育会でハンドボールを続けるつもりだった。4月になれば、また練習漬《づ》けの日々が始まる。それまでの息抜《いきぬ》きにと、車の免許《めんきょ》を取り、アルバイトもやっていた。どちらも学校では禁じられてはいたが、見つからなければ構わないと思っていた。実際に、学校に見つからないよう上手《うま》くやっている友人も他にいた。

この日も、夜のアルバイトの後、友人から声をかけられて、ドライブに出かけている。高校の3年間が部活一色《ぶかついっしょく》だったこともあり、少しばかり開放感《かいほうかん》にひたっていたのかもしれない。父親の車を借りて、深夜のドライブに向かった。大学に入るまでのことだからと、両親もさほど口やかましくは言わなかった。

免許を持っていたのは鈴木だけだったので、夜通し運転を続けた。山梨には夜景《やけい》のきれいな場所が多い。あちらこちらのスポットを周っているうちに、明け方になってきた。意識が朦朧《もうろう》としてくる。鈴木は眠りたかったが、「休みたい」とは言い出せなかった。

仲間が楽しんでいるところに水をさすのは、何だか悪いような気がした。その場の乗りも考えて、鈴木は運転を続けた。

最後の目的地まであと少しになったが、睡魔《すいま》には勝てなかった。早朝の5時半ごろだっただろうか。ハンドルを握りながら、ついウトウトとしてしまった。

ドンッ！

ふいに大きな音がして、鈴木は目を覚《さ》ます。嫌《いや》な衝撃《しょうげき》を感じた。

初めは状況を把握《はあく》できずにいたが、次第に、事の重大さに気づくようになる。居眠《いねむ》り運転で、ガードレールに衝突《しょうとつ》していたのだ。

ガードレールが運転席の足元から突き刺《さ》さっていた。運転席から、自分の右足が見えない。おそらく後ろに持っていかれたのだろう。しばらくしてから、強烈な痛みによって、自分の右足の存在を知った。

初めて経験する痛みだった。痛いというよりも熱い感覚に近い。ストーブにずっと手を当てていると熱さを感じるが、それと似通《にかよ》った感覚が右足を襲《おそ》ってくる。

ドクッ、ドクッ。

鼓動《こどう》とともに、右足が脈打《みゃくう》つ。

「痛いよ！　痛いよ！」

鈴木は叫ぶ。しかし、涙はなかった。一滴も涙が出てこない。痛みの極限《きょくげん》を越えると、涙さえも出てこないことを、鈴木はその時初めて知った。

何とか脱出しなければと、鈴木は無意識のうちにフロントガラスを叩《たた》いていた。右手の拳《こぶし》に傷ができるまで叩き続けた。しかし、右足が運転席に挟《はさ》まって、身動きが取れない。叩けば叩くほど、フロントガラスの頑丈《がんじょう》さを思い知らされるばかりだった。どうすることもできない状況に、むなしさばかりがつのる。鈴木は絶望感に打ちのめされた。

不幸中の幸いと言うべきか、早朝から営業していたガソリンスタンドが近くにあったため、事故から約20分後にレスキュー隊が駆《か》けつけた。すぐさま救出活動《きゅうしゅつかつどう》が始まったが、レスキュー隊からは、車内の様子がわからない。唯一、車内の状況を把握している鈴木の声を頼りに、作業は進んでいった。

数分後、鈴木はようやく車から救出された。

自分の右足がどうなったのかはわからない。

搬送用《はんそうよう》のベッドの上で、鈴木は叫んだ。

第１章　義足のハイジャンパー

「もう一度、ハンドボールができますか？　もう一度、スポーツができますか？」

この先、右足があるかどうかわからない。場合によっては、命を落とすかもしれない。そんな状況にありながら、鈴木は「もう一度スポーツがしたい」と願っていた。大好きなハンドボールを思う存分に楽しみたいと切望《せつぼう》していた。

鈴木は、姉と妹にはさまれて育ったこともあり、普段は大人《おとな》しく、口数もそんなに多くない。机の前にじっと座っているのも苦手《にがて》で、勉強には、あまりいい思い出がない。

ただ、スポーツをしているときは違った。足も速く、野球にサッカーにバスケットボールと、何をやらせても上手《うま》かった。山梨北中学校からはハンドボールに夢中になり、地元の駿台甲府《すんだいこうふ》高校では国体メンバーに選ばれ、全国3位に入っている。この春からは筑波大学《つくばだいがく》の体育専門学群《たいいくせんもんがくぐん》に進み、ハンドボールを続けるつもりだった。将来の夢はハンドボールの日本代表に入ること。「スポーツをしている自分が一番輝いている」という誇りが、心の拠《よ》り所だった。

――自分を自分らしく輝かせてくれたスポーツ、他の何よりも大切にしてきたハンドボールを、もう一度やりたい……。

あまり感情を表に出さない鈴木にとって、心の底からの叫びだった。

「大丈夫。スポーツだって何だってできるさ！」

レスキュー隊の1人が励ましてくれた。根拠のない言葉だったかも知れないが、鈴木にとってはありがたかった。どんな言葉よりも勇気づけられたような気がした。

――絶対に諦《あきら》めない。必ず生きてやる。

目を閉じると死んでしまうような気がしたので、ひたすら目を開き、意識を保とうとした。

◇

救急車から病院に運ばれて、救急室で応急処置を受けた。その頃、両親も病院に駆けつけていた。それから、MRIやレントゲンなどの検査を受けに行った。検査の移動中に父と顔をあわせた時、鈴木は「お父さん車潰《つぶ》しちゃって、ごめん」と謝《あやま》った。

検査後、緊急手術となり、破損《はそん》していた血管をつなぎ、複雑骨折していた足を太いボルトで固定した。その姿を全身麻酔《ぜんしんますい》から覚《さ》めた病室のベッドで見た。とても自分の足とは思えなかった。鈴木はショックを受けたが、右足が元通りになることを願って気丈《きじょう》に振舞《ふるま》った。決して泣き崩れることはなかった。

父の晴樹《はるき》は、車よりも息子の命が心配でならなかった。自分も早い時期から車に乗りたくて仕方なかったという晴樹は、息子が免許を取ることに関しては寛容《かんよう》だった。校則《こうそく》で禁止されていると知っても、黙認《もくにん》している。「土地柄、車がないと不便だし、昔の自分もそうだったから」と許していたが、まさかこういう事態になるとは想像もしていなかった。気が動転しそうな状況で、息子からの第一声が謝罪《しゃざい》だったため、胸が締《し》め付けられるような思いになった。

母の仁美《ひとみ》は、息子の姿を見ると、声を上げて泣き出した。努めて平静を装う息子の前で、涙を流してはいけないと思いながらも、込み上げる感情を抑えられなかった。

その後改めて、病院から両親に対する説明があった。

「応急処置で右足をつなぎましたが、あくまでもつないだだけです。経過を見て、場合によっては、１週間後には切らないといけないかもしれません」

この１週間で、足に血が通うかどうかが勝負だという。説明を聞いて、今度は父の晴樹が我《われ》を失ってしまう。気が遠くなり、その場に立っていられなくなった。母の仁美は覚悟《かくご》を決めたように、医師の言葉にじっと耳を傾けていた。

□右ヒザ下11センチを残して切断

その日から、右足の命をかけた戦いが始まった。足に血が通うように、血管を拡張《かくちょう》する薬が投与《とうよ》されたが、事故当時と同じような痛みが走るため、睡眠薬《すいみんやく》なしでは眠れない。入院した息子のために、両親が24時間体制で付き添った。昼間は母が付き添い、夕方からは農作業を終えた父が交代でやってきた。

血が通うようにと、母が何度も右足をさすったが、回復する気配《けはい》はなかった。日を追うごとに、鈴木の右足は死人の足のように冷たくなっていく。最初は紫色だったのが、3～4日すると青白くなってきた。明らかに血が通っていない。かすかに腐臭《ふしゅう》すら漂《ただよ》う。ひんやりと冷たくなった右足を見て、鈴木も「もう、元通りになるのは難しいかな」と思うようになった。

ちょうどその頃、アメリカで足の移植手術《いしょくしゅじゅつ》が話題になり、ニュースでも大々的に報道されていた。それを知った鈴木は、母に「外国から足を買ってきてくれ」「先生に頼んで、いい足を取り寄せてくれ」とせがんだ。父の前では決して愚痴《ぐち》はこぼさなかった鈴木だが、母には無理ばかりを言っていた。

母としては、息子の思いは痛いほどにわかるが、それぱかりはどうにもならない。無《む》理難題《りなんだい》を要求する息子に対して、「先生に聞いてみるね」としか答えようがなかった。

ある日の夕方、鈴木は病室のカーテンを閉め切り、「母さん、ちょっと廊下《ろうか》にいてくれないか」と言った。

付き添っている母としては気が気でならない。入院していたのが病院の4階だったから、ひょっとすると窓から飛び降りるのでは、と心配になった。仕方なく廊下に出て、こっそりと病室の様子をうかがった。

その時、鈴木はベッドに横になり、自分の右足を見つめながら考えていた。

——なんで、こういうことになったんだろう。なんで交通事故に遭《あ》ったんだろう……。

別に誰かを恨《うら》む気はなかった。ただ素直に、事故に遭うまでの流れを冷静に振り返ろうとしていた。

真っ暗に閉めきったベッドの上で、しばらく考えた末に、鈴木はある結論に達する。

結局、こうなったのは、自分の責任だ。自分の高校はアルバイトをしたらいけないし、免許を取ってもいけない。そのルールを破って、事故に遭った。アルバイトをしたのも、免許を取ったのも、全部自分の判断だから、自分の責任だ。

友達に誘われたから、というのも言い訳にならない。本当に眠かったのなら、自分の意思で「休ませてくれ」と言えば良かった。なのに、「流れを断ち切りたくないから」などと理由をつけて、強引に運転を続けてしまった。他に運転できる人間もいなかったし、免許を持っていたのは自分だけだったんだから、これも全部自分の責任だ。

友達が軽傷《けいしょう》で済んだから良かったようなものの、それでも罪を犯したことには変わりない。友達を恨《うら》むなんて筋違《すじちが》いな話だし、むしろこっちが罪をつぐなわないといけない。車に乗っていても、運転手に一番責任があるんだから……。

世の中には因果応報《いんがおうほう》という言葉があるが、鈴木のようにここまでダイレクトに返ってくることも珍しい。鈴木に言わせると、多くの人たちは、どこかで働いた悪事《あくじ》の報《むく》いを、まったく別の場面で受けているという。

そのつながりが見えないから「何で俺だけが……」と人は悩み、苦しむ。見えないからこそ人生は面白いとも言えるが、多くの人はその場の自分の正当性ばかりを主張し、深みにはまっていく。もしくは、ダイレクトに返ってきた場合でも、その関係性をひたすら無視して、目の前の出来事だけに一喜一憂《いっきいちゆう》する。

鈴木も初めからそういう考えだった訳ではない。事故が起こった流れをたどっていくうちに「自然と見えてきた」という。

確かに、ハンドボールでいつかは日本代表になりたいと願いながら、夜遅くまで遊んだり、禁じられていた免許を取ったり、アルバイトに精《せい》を出していた。悪さをするというレベルではないが、やはり本来目指《めざ》していた流れから外れたことをやっていた。報いを受けても仕方ないと、鈴木は受け入れた。

そして鈴木は、これからのことを考えた。

——仮に右足を切断することになっても、きっとハンドボールができるはずだ。義足になっても、いつかまたハンドボールができる。

心の中で何度も繰り返していくうちに、スーッと気持ちが晴れやかになった。たとえ右足を失ったとしても、自分はまだ若い。生きてさえいれば何とでもなる。自分が好きなスポーツだってやれると信じていた。

この辺の割り切りの良さは、ある意味で鈴木らしいが、はっきり言ってドラマチックではない。自分の体の一部がなくなるという事実を受け入れられず、多くの患者《かんじゃ》は葛藤《かっとう》する。無責任に「受け入れ」などとひと言で片づけてしまうが、当事者となった人間の喪失感《そうしつかん》は測《はか》り知れない。安直《あんちょく》な物言《ものい》いだが、この痛みは本人にしかわかりえない。

しかし鈴木は、そのハードルをあっさりと飛び越えてしまう。元々後ろを振り向かない性格だったのもあった。「良くも悪くも忘れっぽいんですよ」という鈴木の性格が、いい意味で、ふんぎりをつけさせた。

義足に対する悪いイメージがなかったのも幸いした。「自分の周りに、義足でヨボヨボ歩いている人がいたら、また違っていたかも知れませんけど」と、今でこそ鈴木は笑うが、義足に対する先入観《せんにゅうかん》がなかったことも、彼のその後の人生でプラスに作用する。

——どんな状況になろうと、自分は絶対にハンドボールをするんだ。

そう心に決めると、再びプレーする日が待ち遠しくなってきた。早速《さっそく》、両親に頼んで、ハンドボールのビデオを持ってきてもらった。自分の高校時代の試合の映像を、鈴木は何度となく見直した。昔の自分を懐《なつ》かしむのではない。いつかコートに戻ることを夢見て、自分の中での理想のプレーをイメージしながら、繰り返し見続けた。

ハンドボールのビデオを見ている息子を、両親は不思議そうに見ていた。父は「もうすぐ足を失うかも知れないのに、なぜ、この子は自分の試合のビデオを見ていられるのか？」と思っていたという。「もう二度とハンドボールはできないだろう」と両親は考えていたが、鈴木自身はやる気に満ちていた。

◇

しかし、その後も右足の状態は思わしくなかった。週末からは熱が出るなど、容態《ようだい》は悪化する一方だった。「仮に右足を残しても、今の状態では機能しない」との判断もあり、月曜の朝には手術することが決まった。

手術を担当したのは整形外科医《せいけいげかい》の千野孔三《ちのこうぞう》だった。鈴木が急患《きゅうかん》で運ばれてきたときにも手術を担当している。鈴木のスポーツを続けたいという思いを知っているだけに、ヒザ下の手術にこだわっていた。

手術の安全だけを考えれば、ヒザより上で切断するのが簡単だ。術後《じゅつご》の回復も早い。しかし、ヒザがなくなると、義足でスポーツをするのも難しくなる。ただ、壊死《えし》した部分の近くで切断するので、手術は容易ではない。切断面から壊死が進行して、再び手術が必要になるかもしれない。

それでも、スポーツをやるのなら、ヒザが残っていた方がいい。これ以上待っていても、残念ながら回復の見込みはない。切断するなら今しかない。月曜の朝、千野は鈴木に現実を伝えた。

千野からの言葉を受け、鈴木はうなずいた。

「お願いします」

両親と相談するまでもなく、鈴木は自分の意思でその宣告を受け入れた。すでに覚悟を決めていたこともあり、取り乱すことは一切《いっさい》なかった。

3月2日の午後、鈴木の右足は、ヒザ下11センチを残して切断された。

高校の卒業式の翌日のことだった。その10日後、卒業式に参加できなかった鈴木のために、恩師たちが卒業証書を持ってやってきた。手術を終え、ベッドに戻った鈴木に卒業証書が手渡された。

「卒業証書、鈴木徹殿、……」

右足の切断でも泣かなかった鈴木だが、恩師たちの計《はか》らいに胸が熱くなった。

1999年3月12日、たった1人の卒業式は、自分の右足との卒業式でもあった。

□繰り返す手術の中で

切断が終われば、すべてが片づくというものでもない。術後2週間は絶対安静で、四六時中《しろくじちゅう》ベッドの上にいなければならなかった。足を動かしてはいけないので、トイレにも行けない。用を足したい場合は母に頼んで、ベッド用の便器を持ってもらう。そこに排泄《はいせつ》するのだ。

通常では考えられない屈辱《くつじょく》だった。しかし、誰にも言えずに漏《も》らしてしまうのは、もっと恥《は》ずかしい。だから、付き添ってくれている母に頼むしかなかった。

朝、目が覚めると、何も言わずに母が便器を持ってきてくれる。鈴木はこの時、親とはありがたいものだと痛感《つうかん》した。母は嫌な顔ひとつ見せずに、汚物《おぶつ》の始末《しまつ》をしてくれる。父も農園の仕事が終わると、すぐさま病院に駆けつけ、朝までそばにいてくれた。鈴木の喉《のど》が渇《かわ》いたら、夜中でもジュースを買ってきてくれた。

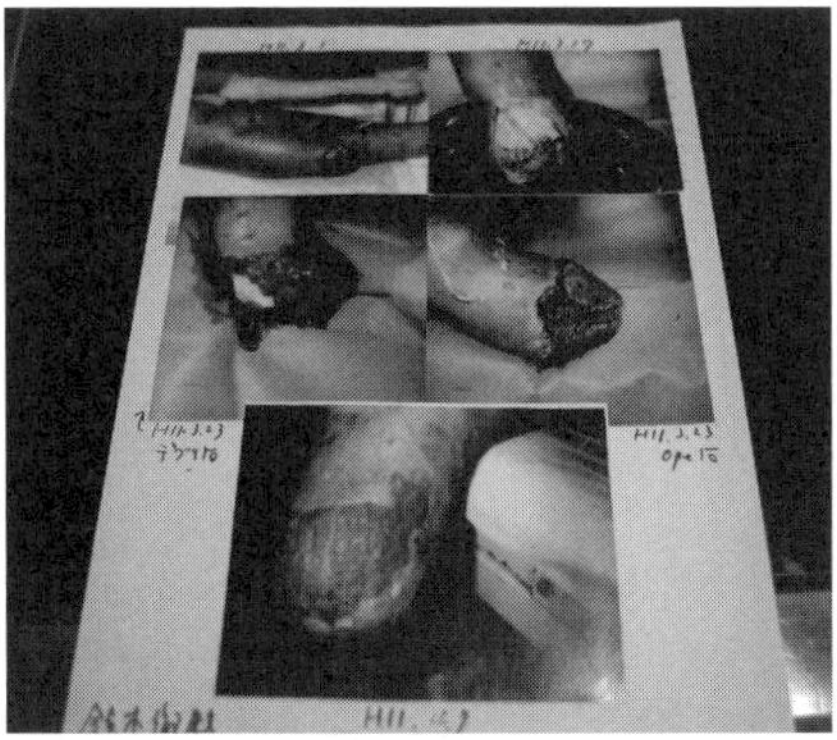
術後の経過写真

しばらくしてから動けるようにはなったが、鈴木の場合、切断面《せつだんめん》を縫《ぬ》い合わせるのに時間がかかった。壊死していたギリギリの部分で切断したから、切断面にも壊死した肉が残っていた。また少したつと、切断面が白くなってくる。壊死が進行しているからだ。専門的には不良肉芽《ふりょうにくげ》という白くなった肉を取り除かないと、いつまでたっても切断面を縫えない。

進行を止めるためにも、不良肉芽を除去《じょきょ》するのが日課となった。

まず、ベッドから右足を出して、切断面に雑菌《ざっきん》が入らないよう、洗浄用《せんじょうよう》の整理食水をジャージャーと流しかける。看護師《かんごし》が1人、後ろに回り、鈴木が動かないよう押さえつける。その状態で、医師《いし》が不良肉芽をハサミで切り、膿《うみ》を削り取る。白い不良肉芽がなくなって、赤い、血の通った部分が出てくるまで、その作業は続けられた。

不良肉芽は、一般的に寝たきり患者の床《とこ》ずれに多く見られ、そういう場合は、痛みを感じない部分にできやすい。だから、除去作用《じょきょさよう》にはあまり痛みを伴《ともな》わない。

しかし、鈴木の場合は、神経が通っている場所に不良肉芽がある。そこをハサミで切るのだから、当然のように痛みが走る。我慢強《がまんづよ》い鈴木だが、この時ばかりはベッドのパイプにしがみつき、「痛い、痛い」と声を上げた。

切断面を縫うのにも苦労した。手術の直後は、肉がそげ落ち、皮膚《ひふ》もえぐれていた。骨をヒザ下で残すために縫合《ほうごう》せず、むき出しの肉に骨がつき出ているような状態だった。肉を盛って、皮膚を伸ばして縫合しないといけないのだが、肉は他から移植《いしょく》できない。わき腹や尻から肉を持ってきても、肉が柔らかいので、すぐに破れてしまう。

肉と皮膚は、自前《じまえ》で再生しないといけない。足の裏側から皮膚を引っ張ってきて、切断面をくるむようにして縫い直す手術が必要なため、医師からは「ヒザを残すために、少しでも栄養をつけさせてほしい」と言われていた。肉をつけ、皮膚を伸ばすためにも、また、雑菌に負けないためにも、栄養が必要だった。

その話を聞いてから、父が毎晩、鈴木の好物《こうぶつ》を買ってくるようになった。ステーキ、ハンバーグ、鰻《うなぎ》にトロと、栄養のある食事が続く。これで息子のヒザが残るのならば、安いものだと言わんばかりに、父は高価な夕飯を選んで買ってきた。その甲斐《かい》あって、鈴木は入院中に10キロ太ったものの、何とか右足の切断面を縫えるようになった。

手術中の鈴木は一貫《いっかん》して我慢強かった。自分から全身麻酔《ますい》を断って、手術に向かうことも多かった。全身麻酔をするときに、尿管《にょうかん》に通される管《くだ》が嫌だったから、と言うのだが、並大抵《なみたいてい》の我慢強さではない。局部《きょくぶ》麻酔だと、メスがカチャカチャと鳴る音も聞こえるし、手術の進行状況もわかってしまうのだが、鈴木は動じなかった。手術のときはいつも、両親に「行ってくるよ」と言ってから、搬送用《はんそうよう》のベッドに乗っていく。

まるでどこかに出かけるかのように、淡々《たんたん》と手術に向かう息子の姿に、思わず母が「怖《こわ》くないのかい?」と問いかけるが、「そりゃ、怖いさ」のひと言で会話は終わってしまう。自分の痛み、苦しみを必要以上に見せたくないという思いが、鈴木にはあった。

その姿勢は今も変わっていない。

病室での鈴木はいたって穏《おだ》やかだった。感情を波立てることもなく、看護師と談笑《だんしょう》することが多かった。元々は口数も少なく、人見知りしやすい性質だったが、右足を切断してから、むしろ明るくなったようにも見えた。

鈴木の変わり様に、両親は驚いた。中学、高校と部活一本で、ガールフレンドから電話がかかって来ることもなかった。「この子は、彼女なんかいないんだろうな」と、母が心配するぐらいの息子だった。それが、いつも楽しそうに看護師たちと話をしている。年代の近い看護師が多かったこともあったが、ときには笑い声さえ上げている。

鈴木と看護師が話を始めると、父は気を遣《つか》って、こっそりと廊下に移動した。

当時の担当だった看護師の中に、後に鈴木の妻となる麻美《あさみ》がいた。2人が付き合うようになるのは、それからかなり先の話になるが、麻美は担当した当初から、鈴木の精神的な強さに驚いている。

鈴木を受け持つ際、麻美は「ケガで大学に行けなくなるかもしれないし、足を切断することになった場合も含めて、精神的なフォローが必要になる」と言い渡されていた。だが、実際に接してみると、フォローの必要はほとんどなかった。足を失うことへの受け入れが良かったこともあり、取り乱したり、他人に当たることもなかった。たまに「鈴木くん、夜中に泣いていたらしいよ」という話を耳にすることはあっても、人前で感情的な態度を見せることはなかった。

麻美に対してだけでなく、鈴木は他の看護師に対してもにこやかに話をしていた。ハンドボールのビデオを見ながら「もう一度（ハンドボールが）できるようになるかな？」と聞いてくることも多かったという。麻美はその問いかけに「義足でスポーツやってる人もいるし、義足でハンドボールだってできるんじゃないの」と答えている。何気《なにげ》ない返答だったが、鈴木にとって励みになったに違いない。

当時の病室での様子を、麻美は思い出す。

「彼自身が昇っている途上《とじょう》にいる人だったから、周《まわ》りがそれに惹《ひ》きつけられているような感じだったかな。精神的にも肉体的にも回復期だったから、そういう意味では楽な患者《かんじゃ》でしたね」

昇っている途上にいる人……、最も的確に鈴木を表している言葉かもしれない。今も鈴木は、その途上にいる。

辛いこともあったが、鈴木にとって入院生活は良き思い出となっている。今でも当時の看護師たちとの何気ない出来事を懐《なつ》かしむことがあるという。

心身ともに回復期にあった鈴木の右足は、多くの人たちの努力もあり、無事に縫い合わされた。

事故から約3ヵ月、鈴木は世話になった山梨県立中央病院を退院した。

□義足とリハビリ

足の治療が終わった患者は、義足での歩行訓練《ほこうくんれん》に励むことになるが、そういったリハビリは、治療した病院と別の場所で行われる場合が多い。当時の山梨では、温泉病院やリハビリセンターに移り、そこで義足の使い方を覚えるのが一般的だった。

鈴木が退院する前、両親は地元のリハビリセンターを見学した。そこは患者の大半が高齢者《こうれいしゃ》だった。

「こういう所でリハビリしてたら、徹も辛くなるんじゃないの」

歩行訓練だけで充分なお年寄りと、大学の体育学群に戻るために、スポーツがある程度できるまでに回復したい鈴木とでは、目標が違いすぎる。モチベーションも違ってくるだろう。両親も鈴木の意思を尊重《そんちょう》し、スポーツができるようになるまでリハビリを見てくれる入院先を探していた。

色々と情報を仕入れるうちに、慶応病院《けいおうびょういん》に入っているＪＲ関係の義肢装具士《ぎしそうぐし》の腕がいいとの噂《うわさ》を耳にした。調べてみると、鉄道弘済会《てつどうこうさいかい》のことだった。

元々《もともと》鉄道弘済会は旧国鉄の施設で、鉄道関連の仕事で手足を失った職員のために作られている。昔の連結作業《れんけつさぎょう》は、間に人が入って行われていたこともあり、作業中に車両にはさまれて、手足を失う国鉄職員もいた。そういった公傷《こうしょう》で退職した人たちをフォローするための施設だから、身体障害者福祉事業《しんたいしょうがいしゃふくしじぎょう》などにも力を入れている。施設内で義足を作るスタッフも充実していた。

雰囲気が良かったこともあり、鈴木は99年6月から、鉄道弘済会の東京身体障害者福祉センター（現・義肢装具サポートセンター）に入院し、義足のリハビリを始めている。

入院して、義足ができるまでの約1週間、鈴木は待ちどおしかった。

――これで、自分で歩けるようになるんだ。ハンドボールで復活するための第一歩なんだ……。

期待に胸が膨《ふく》らむ。最初は松葉杖《まつばづえ》が必要だとしても、近いうちに義足で歩き回ることができるはずだ。自分は小さな頃からずっと運動をやってきた。スポーツをすることで輝いてきた。自慢《じまん》じゃないが、運動神経には自信がある。きっとすぐに走れるようになるに違いない……。右足の切断に耐えられたのも、義足があれば、昔の自分に戻れると信じていたからだ。

いよいよ義足をつける日がやってきた。鈴木は義足のソケット部分に右足を入れる。両手に松葉杖を持っていたが、「こんな物、じきにいらなくなるだろう。これで松葉杖ともお別れだ」などと考えていた。

理学療法士《りがくりょうほうし》に付き添われて、そっと立ってみる。

――自分の足で立てる日が、やってきたんだ……。

と思った瞬間、鈴木はよろけてしまう。体のバランスが保てない。真っすぐ立ったつもりが、ふらついてしまう。同時に、強烈な痛みを右足に覚えた。ただ義足をつけているだけなのに、切断面に痛みが走る。あまりの痛さに、鈴木は松葉杖にしがみついた。

――なんでだ？　なんで立てないんだ？

予想していなかった現実に、鈴木は呆然《あぜん》とする。歩く自分をイメージしていたはずが、実際には歩くどころか、立つことすらままならない。そのショックは、右足を切断したときよりも大きかった。

「鈴木君、歩いてみようか？」

理学療法士の声に、鈴木は我《われ》に返る。松葉杖を頼りに、足を踏み出した。

「痛いっ！」

またも激痛が右足を襲う。歩行訓練どころではない。

痛みをこらえて、また一歩踏み出す。体中から脂汗《あぶらあせ》が噴《ふ》き出しているのがわかる。義足で一歩を踏み出すことが、こんなに大変だとは思わなかった。

周りを見渡すと、年配の男性が義足をつけてスタスタと歩いている。義足をつけて2週間ほどというその患者は、痛みに耐えている様子などまったくなかった。その表情は誇らしげにすら見えた。

――不甲斐《ふがい》ない……。

鈴木は唇《くちびる》を噛《か》んだ。お年寄りが元気に歩いているのに、自分はこのざまだ。もう一度ハンドボールをやりたいなどと言っておきながら、現実には一歩踏み出すだけで呼吸が乱れる。立ち方も歩き方もわからない。感覚を思い出そうとしても、思い出せないのだ。

立ったり歩いたりしていたことが、遠い昔のように思えてくる。今すぐにでも、この場から逃げ出したかった……。

その晩、鈴木は1人、涙を流した。記憶の中に残っている、スポーツのできる自分と、立つことすらままならない今の自分。そのギャップがあまりにも大きすぎた。

——このまま、ハンドボールができない体で、一生が終わるのかなぁ……。

そう思えば思うほど、涙が止まらなかった。

しかし、次の日、鈴木は何食《なにく》わぬ顔をして、リハビリルームに向かっている。初日にショックを受けた患者は、だいたいが翌日に引きずってしまう。たとえリハビリに取り組んだとしても、身が入らない。中にはリハビリを拒《こば》み続けたまま退院してしまう患者もいるという。

だが、鈴木は違った。ショックに負けることなく、懸命《けんめい》にリハビリに取り組んだ。痛みは相変わらずだし、立ち方も歩き方もわからない。それでも、理学療法士の指示に従って、訓練を繰り返した。もう、逃げ出したいとは思わなかった。

「忘れっぽい性格だから」

と鈴木は笑う。普段から「忘れっぽいね」と言われる鈴木だが、この時は、忘れやすい性格がいい方向に作用した。一晩《ひとばん》寝たら、すっかり気持ちの整理がついていた。さすがに日本代表レベルは無理としても、楽しむぐらいなら、ハンドボールだってできるんじゃないか、と考えるようになっていた。「どんなに時間はかかっても、もう一度ハンドボールをやりたい」との思いは揺《ゆ》らがなかった。

リハビリは想像以上にハードだった。午前中と午後に2時間ずつ、単調な訓練が毎日続く。はっきり言って、ドラマチックでも何でもない。ひたすら単純作業の繰り返し。楽しくもなければ、面白くもない。

相変わらず右足は痛む。切断面がまだ弱かったので、少しの衝撃《しょうげき》でも神経に障《さわ》った。皮膚が弱いので、ソケットと触れる部分に、すぐに傷ができてしまう。傷口にカット絆《ばん》を張りながら、鈴木はリハビリを続けた。

義足をつけることは、思いのほか大変なことだ。リハビリも楽ではない。その現実を受け入れられない人は、車椅子《くるまいす》の道を選ぶ。

人生の選択は人それぞれだから、優劣《ゆうれつ》はつけられない。だが、鈴木にすれば、車椅子での生活は現実逃避《げんじつとうひ》にしか見えなかった。車椅子でしか生活できない人もいる中で、可能性があるにもかかわらず、それを自ら放棄《ほうき》するのは敗北《はいぼく》に思えた。

鈴木は車椅子には目をくれず、ひたすらリハビリに励んだ。指定された時間以外にも、暇《ひま》を見つけてはリハビリに取り組んでいる。やるだけやって、それでダメなら、車椅子という選択《せんたく》もある。しかし、それはあくまでも最後の選択肢《せんたくし》にしたかった。

単調な訓練を続けるうちに、鈴木はある手応《てごた》えを感じるようになる。

――リハビリって、やった分だけ返ってくるんだなぁ……。

スポーツの世界では「練習は嘘《うそ》をつかない」などと言うが、現実の世界では、必ずしも「やった分だけ返ってくる」とは限らない。ビジネスの世界では、明らかに矛盾《むじゅん》をきたす言葉である。だが、リハビリに関しては、この言葉がしっくり来るように鈴木には思えた。

義足になった人で、1年で走れるようになる人もいれば、10年たっても走れない人もいる。その差は訓練をしたか、しないかの差だ。訓練をした分だけ、義足は確実に違いが出てくる。ならば、自分の意志で訓練を重ねてさえいけば、義足の可能性は無限に広がっていくのではないか……。

鈴木は無限の可能性を義足に感じるようになった。

彼の言う「無限の可能性」とは、年長者《ねんちょうしゃ》が若者たちに漠然《ばくぜん》と投げかける同じ言葉と、意味が異なる。多くの年長者が使う「無限の可能性」とは、単なる若さに対する嫉妬《しっと》の裏返しであったり、その場を取《と》り繕《つくろ》う抽象的《ちゅうしょうてき》な励ましであったりする。言っている本人が信じていない言葉だから、言われた方も方向性が見えてこないし、今ひとつ心にヒットしない。手垢《てあか》のついた言葉の響きにうんざりしてしまうだけだ。

だが、鈴木の言う「無限の可能性」は、地に足が着いている。やればやるだけ成果が出るのなら、後は自分の心がけ次第。方向性もはっきりしている。自分自身で納得しているから、可能性を信じられるし、取り組む姿勢も違ってくる。彼の言う「無限の可能性」は、単なるまやかしではない。

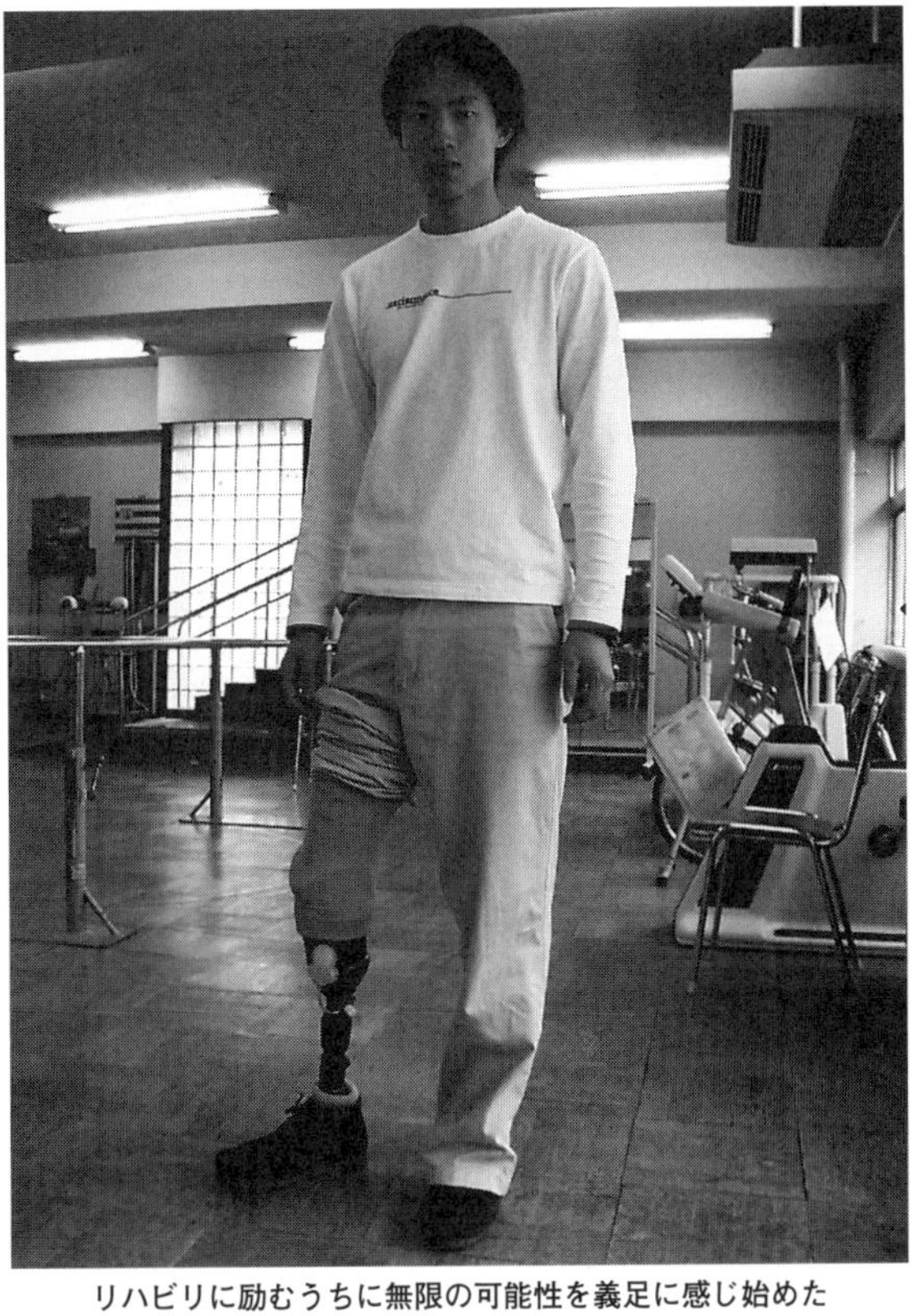
リハビリに励むうちに無限の可能性を義足に感じ始めた

地道な訓練の意味を理解して、ひとつひとつ積み重ねていくことが、結果となって現れてくる――リハビリでの成功体験は、後に鈴木の競技生活の原点となる。地味で単調なトレーニングでも、その意味をわかって、粘り強く取り組める姿勢が、鈴木にはあった。

リハビリは順調《じゅんちょう》に進んだ。1ヵ月後には松葉杖がいらなくなった。3ヵ月目には、多少バランスを崩しながらも、補助器具《ほじょきぐ》を使わずに歩けるようになっていた。

歩く感覚を取り戻した鈴木は、近くの駅まで散歩するようになった。それだけでは飽《あ》き足《た》らず、自転車にも乗るようになった。入院していた新宿から、家庭用の自転車（いわゆる「ママチャリ」）を飛ばして、池袋《いけぶくろ》へ出かけたこともある。往復で8キロほど。どこに行きたいという目的はなかった。ただ、自分の力で好きな場所に行けることが嬉《うれ》しかった。

事故から約半年後、鈴木は福祉センターを退院する。大学に復学するまでの半年間は、一人暮らしをしながら、東京都多摩身体障害者スポーツセンターに通うことに決めた。そこで、退院前にアパートを探すために、鈴木と両親は、これから暮らす国立駅で待ち合わせた。

両親が駅を降りると、向こうに鈴木の歩く姿が見えた。まだ足取りはおぼつかないが、自分の力だけで歩いている。その姿に、両親は胸が一杯《いっぱい》になった。外を歩く息子の姿を見るのは、足を切断してから初めてのことだった。「やっとここまで来たか」という思いが込《こ》み上げてくる。親としては、日常生活に戻れただけで充分にありがたかった。

しかし、鈴木にとって、日常生活はあくまでも通過点にすぎない。当面は、大学の体育実技についていけるレベルに体を戻すのが目標だった。さらにその先には「もう一度ハンドボールをやる」という大きな夢もある。

「おーい！」

大きく手を振りながら、鈴木は両親に歩み寄っていく。上昇の途上にある青年は、これまでの苦労の跡を見せることなく、両親に微笑《ほほえ》んだ。

□ハイジャンプとの出会い

鈴木徹と義足を語る上で、臼井二美男《うすいふみお》の話は欠かせない。

臼井は、鉄道弘済会で義足を作って25年になる、ベテランの義肢装具士《ぎしそうぐし》である。

臼井は群馬に生まれ育ち、高校を卒業後、東京の大学に進学した。ただ何となく文学部に入ったが、しばらくするとアルバイトが忙しくなり、大学を中退してしまう。その後28歳になるまで、今で言うフリーターのような暮《く》らしを続けていた。トラックの運転手から、ガードマンにバーテンダー、ワゴンでTシャツを売る露天商《ろてんしょう》などもやっていたという。根《ね》が真面目《まじめ》でよく働くので、バイト先では重宝《ちょうほう》されてはいたが、自分の進む道が見えないまま、悶々《もんもん》とした日々を過ごしていた。

実家に帰れば、両親から「麻薬《まやく》の密売《みつばい》をしてないか？」などと疑われた。今でもやや髪《かみ》の長い臼井だが、当時はかなりの長髪《ちょうはつ》で、堅気《かたぎ》の勤《つと》め人とは異なる、ちょっと危なそうな雰囲気を漂《ただよ》わせていた。

そんなある日、臼井は職業訓練校に足を運ぶ。当時付き合っていた彼女と結婚するためにも、正社員になりたいと考えていた。どうせ正社員で働くなら、手に職をつけたいという思いもあった。

職業訓練校の掲示板を何気なく眺《なが》めていると、様々な貼《は》り紙の中に「義肢製作科《ぎしせいさくか》」という文字を見つけた。その瞬間、臼井の頭の中に、小学校時代の思い出が突如《とつじょ》として甦《よみがえ》る。

臼井が小学校6年生のときのことだ。クラスの担任は新卒《しんそつ》の女性教師だった。若くて活発な先生は、生徒たちから人気があった。当時の臼井も、憧《あこが》れていた生徒の1人だった。

しかし、夏休みが終わって二学期が始まっても、担任の先生は学校にやってこない。病気でしばらく休むとのことだった。

1ヵ月以上たってから、先生が姿を現わしたが、片足を引きずっていた。教壇《きょうだん》に立った先生は「私はこっちの足が義足になりました」と言った。骨肉腫《こつにくしゅ》という病気で、太腿《ふともも》から下を切断したのだという。当時の臼井はまだ子供だったため、先生の言葉の意味が今ひとつ理解できなかった。ただ、何となく、先生は大変なことになったんだな、と感じていた。

あるとき、担任の先生が臼井に、スラックスの上から義足を触《さわ》らせた。その硬《かた》くてひんやりとした感覚に、臼井は衝撃《しょうげき》を受ける。先生の片足が、機械みたいな物になってしまった。人間の足とはまったく違う感触に、臼井は言葉を失った。

その後28歳になるまで、そのときの記憶を思い出すことはなかった。アルバイトに明け暮れた日々もあって、当時の衝撃は、完全に記憶の奥底《おくそこ》に沈んでいた。

それが、貼り紙で「義肢製作科」の文字を見た瞬間、フラッシュバックのように、小学校6年生のときの記憶が思い出された。「あのとき、先生がつけていた義足のことか……」そう思うと、興味が湧《わ》いてきた。生きる方向が見えなかった臼井にとって、それはまるで神の導きのようだった。

以後、縁あって鉄道弘済会に正社員として入った臼井は、義肢装具士としての道を歩んでいく。

◇

鈴木が臼井と出会ったのは、東京身体障害者福祉センターに入ったときだった。2人がめぐり合うまでには、ちょっとした縁がある。

本来は、臼井が初めから鈴木の面倒を見ることになっていたのだが、鈴木に紹介されたのは、まったく別の義肢装具士だった。事前に両親から「臼井さんって方にお世話になるから」と聞いていたが、誰が臼井かもわからないので、鈴木はとりあえず「お願いします」と頭を下げた。

後でよくよく聞いてみると、「臼井さんは患者に無理をさせるから」との理由で、福祉センター側が気を遣《つか》って、担当から外したとのことだった。患者を陸上競技に誘って、走らせるというのが、周囲には「無理をさせる人」と映《うつ》っていたようだ。

病院や福祉センターでは、歩くことは教えても、走ることまでは教えない。下手《へた》に教えてケガでもされた日には、裁判沙汰《さいばんざた》になる危険性もあるから、教えたくても教えられないのが現実だ。

だが、義足でも走れる喜びを知れば、その人の人生は大きく変わるはずだと、臼井は信じていた。自分の作った義足で、1人でも多くの患者に走る喜びを知ってもらいたいと願っていた。

組織が無理ならば、個人でやってしまおうと、臼井はボランティアで切断障害者の陸上クラブを立ち上げる。チーム名は「ヘルス・エンジェルス」。アメリカで伝説となった暴走族《ぼうそうぞく》「ヘルズ・エンジェルス」をもじっている。新しい何かに挑戦するときは、たとえ障害者と言えども、ある種不良《ふりょう》のような、やんちゃな気構《きがま》えが必要ではないかという、臼井の思いが込められた名前だった。

練習では、臼井は患者の手助けを一切しない。義足の調整だけはするが、あとは転んでも、少々擦《す》り傷《きず》を作っても、手出しはしない。「足があってもなくても、走って転《ころ》ぶのは当たり前。それも自力で走れるようになるための試練だから、わざわざ助けに行かない」という方針で接しているそういった臼井の行動が、遠巻《とおま》きに見ている人からすると「無理をさせる」ということになるらしい。

しかし、鈴木にとって、こんなに頼もしい人間はいない。筑波大学の体育学群に復学《ふくがく》するには、体育の実技ができないことには単位も取れない。投げることや跳ぶことはできても、走ることとなると、まだ不安が大きい。走ることに理解を示してくれる義肢装具士の存在は、鈴木には心強かった。

臼井からの要望もあり、2回目のリハビリからは、臼井が鈴木の義足を調整するようになった。

実際にリハビリに立ち会う臼井は、噂とはまったく違う人間だった。少しでも鈴木が痛そうだったら「無理しなくていいぞ」と声をかけてくれた。状態が良くないときは、臼井の方からストップをかけてきた。リハビリで臼井に無理《むり》強《じ》いされたことは一度もない。

その一方で、臼井は多くの切断者に、義足でも走れる喜びを訴え続けていた。「一度(練習に)顔を出しなよ」と、分《わ》け隔《へだ》てなく患者に声をかけ、休日返上でヘルス・エンジェルスの面倒を見ていた。

裏表《うらおもて》のない臼井の姿を見て、鈴木は「臼井さんは、チャンスを与えてくれる人なんだ。みんなに伸びる可能性を示してくれているんだ」と、信頼を寄せるようになった。臼井は、普段《ふだん》は冗談《じょうだん》ばかり言っているが、義足のためなら、労力を惜しまなかった。依頼者との密《みつ》なやりとりを繰り返し、自分の時間を削《けず》ることも厭《いと》わなかった。そこには一切の妥協《だきょう》はない。

もちろん腕も確かだし、常に義足に関する最新の情報を仕入れていた。自分が勉強しているスポーツ用義足の知識を、鈴木にも惜《お》しみなく伝えている。アメリカから取り寄せたスポーツ義足の資料や写真を片手に熱く夢を語る臼井に、鈴木もつい引き込まれていった。いつかスポーツで復活したいと願っていた鈴木にとって、臼井の情熱は、大きな心の支えとなった。

鈴木が福祉センターでのリハビリが終わった後、身障者スポーツセンターに通うために一人暮らしを始めたのも、臼井のアドバイスによるものだった。

「実家《じっか》に戻って親に甘えるよりは、一人暮らしをした方がいいんじゃないか」

患者の甘えに対して、臼井は手厳《てきび》しい。しかし、患者が自立への一歩を踏み出した瞬間には、我がことのように喜んでくれる。腫《は》れ物《もの》に触《さわ》るように障害者扱いしないところも、鈴木には嬉しかった。

引き続き、臼井の作った義足で、身障者スポーツセンターでのリハビリが始まった。初日の出来事を、鈴木は今も忘れない。

どんな施設なのかと、期待に胸を膨《ふく》らませていたが、ドアを開けた瞬間、今までに見たことのない光景が目の前にあった。

言葉にならない大声を上げている人がいる。見たこともないような障害を持った人がいる。こういった人たちに混じって、自分は毎日リハビリをするのかと思うと、言葉が出てこなかった。しばらくしてから実感したのは「自分は障害者になったんだ……」という現実だった。

右足を切断するまでは、鈴木の中にも「障害者は劣《おと》っている」という気持ちがあったという。しかし、様々な障害を持った人たちと接したり、リハビリに打ち込む姿を見るうちに、考えが変わってきた。

確かに、身体障害者が体の機能で劣っているのは否定できない。ただ、目標に向かっていく姿勢や、ひとつのことをやり続ける根気強《こんきづよ》さという点では、むしろ健常者《けんじょうしゃ》よりも勝《まさ》っているのではないか。健常者が何でも優《すぐ》れていると決めつけるのは、単なる思い上がりじゃないのか……。

鈴木は、自分の心の貧しさを恥《は》じた。そして改めて「人間みな平等《びょうどう》」という言葉の意味を噛《か》み締《し》めた。世の中に神がいるかどうかは知らないが、健常者と障害者とを秤《はかり》にかけて、双方がトータルでバランスが取れるように作られているのではないか、と思うようになった。

こうして、アパートで自炊《じすい》しながら、スポーツセンターでリハビリする日々がスタートした。

最初は、日常生活に戻れる喜びが勝っていたが、しばらくすると、周囲の視線が気になってくる。自分の右足の動きを見て、明らかに不思議そうな顔をする子供がいる。振り返って、じっと見つめる人もいる。自分も、以前ならそうしていたかも知れない。仕方ないことだとは頭では理解できるが、そういった視線を浴びる側になると、思いのほかダメージが大きい。

足を切断することは受け入れられても、街中の視線を受け止めるだけの気持ちの割り切りが、当時の鈴木にはまだなかった。

そんな時に心の支えになったのが、パラリンピック１００ｍ走の当時の世界記録保持者ブライアン・フレージャーだった。彼は、日本のチャリティー番組に出演するため、アメリカからやってきた。片足が義足なのだが、テレビに出演するときも短パンで堂々としている。義足が丸見《まるみ》えだが、そんなことを気にする様子もない。しかも歩く姿がかっこいい。見ていて惚《ほ》れ惚《ぼ》れするくらい、きれいな歩き方をする。直感的に「この人は（スポーツが）できる」と思わせる歩き方だった。実際に１００ｍを11秒台で走るという。一般人よりも速いではないか。

まだ陸上競技を始めていなかった鈴木だったが、フレージャーのファンになった。久しぶりに現れた、自分にとっての憧《あこが》れの選手だった。彼の堂々と歩く姿に、鈴木は勇気をもらったような気がした。

鈴木はフレージャーを直《じか》に見るために、番組の会場に足を運んだ。運よく、話をする機会に恵まれ、鈴木は、将来は義足でスポーツを楽しみたいとの思いを伝えた。するとフレージャーは「いつか一緒に走ろうよ」と、握手を求めてきた。

「歩き方に生《い》き様《ざま》が出る」という鈴木のポリシーは、この時の記憶が原点となっている。

◇

心身ともに成長した鈴木に大きな転機が訪れたのは、２０００年の2月のことだった。

事故から丸１年がたとうかという時期に、鈴木はスポーツセンターの指導員・瀬上健司《せがみけんじ》に付き添われ、中央大学の陸上競技場にいた。中央大学陸上部ＯＢで円盤投げのインカレ優勝者だった瀬上は、リハビリの一環として、鈴木に陸上競技を勧めていた。

鈴木自身も直感的に、陸上は必要だと感じていた。ハンドボールをもう一度やるためには走ることが必要になる。上半身は問題ないから、投げることはできる。左足で跳ぶことはできるから、ジャンプも心配ない。あとは走ることを元に戻せば、大好きなハンドボールに復帰できる。そのためにも、走る基礎を陸上で学んでおくのも悪くないと考えていた。臼井やパラリンピックの世界記録保持者フレージャーの影響もあり、陸上に悪いイメージはなかった。

まず、１００ｍ走にチャレンジしてみた。軽いジョグはできるようになっていたが、１００ｍも走るのは1年ぶりのことだった。高校時代は11秒台で走っている。どれくらいまで回復しているか、内心楽しみでもあった。

しかし、結果は20秒台。あまりの遅さに、鈴木は愕然《がくぜん》とした。

――これは厳しいなぁ……。

鈴木はアスリートとしてのギャップにショックを受けやすい。片足を切断することよりも、義足で思うように歩けなかったことの方がショックだった。リハビリでバスケットボールをやって、リバウンドを取りに行く一歩を踏み出せなかったときも、かなり落ち込んでいる。今回も、厳しい現実を突きつけられ、気持ちが折れそうになった。

結果を聞いて、うつむきかけた鈴木だが、ふと、周りに目をやると、走り高跳びのセットが置いてあった。中学時代、陸上部に借り出された郡大会で、1m76㎝を跳んだこともある。県大会に出ていれば、山梨で2位に相当する記録だった。また、ハンドボールでは、ジャンプしたまま空中でパスをキャッチし、シュートに持ち込む、スカイプレーが得意だった。跳ぶことには自信がある。幸いにして、踏み切り足の左足は健康そのものだ。

何かに導かれるかのように、鈴木は走り高跳びにチャレンジした。軽い気持ちで跳んでみたら、1m40㎝を余裕でクリアしていた。

徐々に高さを上げていく。1m50㎝をクリアしたとき、瀬上が驚きの声を上げた。

「それって、日本記録じゃないか？」

当時の身障者の日本記録は1m50㎝だった。それを鈴木は難なく飛び越えた。高跳びを始めてわずか1日で、鈴木徹は日本記録保持者となったのだ。

それから何回跳んだかは覚えていない。時を忘れるくらい、鈴木は何度もバーに挑み続けた。この日のベストは1m65㎝。非公式ながらも、日本記録を大幅に更新《こうしん》している。

ここでアスリートとしての鈴木の血が騒ぎ出す。

――これはもう、走り高跳びをやるしかないだろう！

ここまでの約1年、ハンドボールで現役に復帰することだけを心の支えにしていた鈴木だったが、あまりにも唐突《とうとつ》な方向転換を、不思議に思う読者もいるかもしれない。ハンドボールはどうしたんだ、と。

しかし、鈴木に聞いてみると、ごく自然な成り行《なゆ》きだったという。

「やっぱりアスリートとして頂点に立ちたいんですよ。ハンドボールと陸上を較《くら》べたら、現時点で、ハンドボールでオリンピックを目指《めざ》すのは難しい。でも、走り高跳びでパラリンピックなら、夢である世界へ行ける可能性がある。今すぐにでも試合に出れば日本記録を更新できるんだから。それこそ『お前は走り高跳びをやれ！』というサインじゃないかな。直感的に『これだ』と思いましたね。

でも、スポーツなら何でもいいって訳でもないんです。たとえば、1人で野球のボールを投げていても、僕の場合、すぐに飽《あ》きてしまいます。サッカーも好きなんだけど、自分だけでやっていても、すぐにつまらなくなる。だけど、走り高跳びは違いました。時間を忘れて没頭《ぼっとう》できました。何回やっても楽しかった。だから自分の中で『これは伸びるだろう』という確信がありました。嫌々《いやいや》やっても伸びませんからね。走り高跳びと出会って、やりがいを見つけたような気持ちになりました」

もちろんハンドボールは好きだし、いつかハンドボールをやりたいという思いは変わらない。しかし、それ以上に、目の前に大きなチャンスが転がっている。日本を代表するアスリートになれる可能性に遭遇《そうぐう》してしまったのだ。ならば、やるしかない。

「後づけの話なんですけど」

と鈴木は言う。

「右足を失《な》くしたことで、自分のやるべき方向性が見えてきた。できることが制限されてしまったことで、『自分は走り高跳びをやるんだ』というのがはっきりしました。五体満足《ごたいまんぞく》だと、意外と、自分のやるべきことをやらないじゃないですか。なまじ何でもできるものだから、何をしていいのかも見えてこない。僕も足があったころは漠然《ばくぜん》と、このまま、年をとっていくんだろうなと、思っていました。今は限定されたことで、逆に『これだ』というものが見えてきました。変な話なんですけど、足を失くしてからの方が、人生が楽しくなったんです。

義足は、自分の方向性を見出してくれた足でもあるんですよね」

かつて自分の生きる道を模索《もさく》していた臼井二美男は、義足を作ることで、自分の方向性を見出した。その臼井が作った義足をつけて、鈴木徹は自分の生きる道へと踏み出していく。義足のハイジャンパー・鈴木徹の誕生だった。

◇

この年の４月に、鈴木は筑波大学に復学する。入部するはずだったハンドボール部に謝罪《しゃざい》にいくと、監督の大西武三《おおにしたけぞう》から「自分のやりたいことをやりなさい」と、励ましの言葉をもらった。その気持ちがありがたかった。

陸上部に所属することとなった鈴木は、入学早々の４月に九州パラリンピックに参加する。シドニーパラリンピックの最終予選も兼ねるこの大会で、鈴木は１ｍ74㎝を跳んだ。シドニーパラリンピックの標準参加記録である１ｍ73㎝を上回っていた。続く５月のジャパンパラリンピックでは、１ｍ81㎝を跳んで優勝している。

こうして、義足をつけて１年足らずのうちに、鈴木徹は日本代表選手に選ばれた。

ハンドボールをやっていたころは、日本代表に憧れていた鈴木だったが、いざ、自分が日本代表と言われるようになっても、今ひとつ実感が湧《わ》かなかった。自分の中でも、運動神経だけで代表になってしまったという思いが強かった。

とはいえ、代表に選ばれてからは、シドニーパラリンピックを目指して、練習の日々となった。臼井の立会いの下《もと》、走り込みを大幅に増やしている。「走ることを当たり前にしないと、跳ぶ方に気持ちがいかない」という臼井の考えもあって、安定した助走を身につけるための練習が多くなった。

手術から1年半も経っていないため、鈴木の切断面《せつだんめん》は変化しやすかった。切断してからしばらくは、断端《だんたん》がむくみやすい。血の巡《めぐ》りが悪く、老廃物《ろうはいぶつ》がたまるからだ。義足をつけるようになると、動かすことで血液の循環《じゅんかん》が良くなり、断端は徐々に痩《や》せてくる。手術時の筋肉の処置によっては、筋肉が刺激を受けて発達する場合もあるが、だいたいは細くなる。特にスポーツをしていると、断端は急激に細くなっていく。

断端が変化すると、義足のソケット部分とフィットしなくなる。鈴木の場合、義足をつけた1年目は、6回もソケットを作り変えている。

ソケットが変わると、感覚もまた変わってくる。我々が新しい靴に慣れるのとは訳が違う。新たなソケットを作ってもらうたびに、新しい感覚を体に覚え込ませてなくてはならない。

断端も感覚も日々、変化していく。ソケットの作成から義足の微調整《びちょうせい》は、すべて臼井が引き受けた。

臼井に言わせると、その当時の鈴木は、記録が出ない原因を義足に求める傾向《けいこう》があったという。少しナーバスになると、必ず「義足を何とかしてくれ」と言ってくる。臼井の目からすると、義足に問題はないのだが、鈴木の意識がどうしても義足の方に向いてしまう。

当時の鈴木の様子を、臼井は振り返る。

「今でこそ『これは義足の問題。これは自分の足の問題』と冷静に区別できるようになったけど、シドニーのころは『切断した足とはこういう物だ』ということも知らないまま、いきなり大きな大会に行くことになったから、まだ、心と体のバランスが取れてなかったんでしょうね。あのころは、まだ口数も少なかったし、社会のことも知らない、スポーツ一筋の純朴《じゅんぼく》な青年でした」

鈴木が不満を訴えると、臼井は「よし、調整してみるから」と言いながら、実際には、あまり大した調整をやらなかった。「プラセボ効果みたいなもんですよ」と臼井は笑う。単なるビタミン剤を飲ませても、薬を飲んだという患者の思い込みから、病状が良くなることもある。それと同じで、「義足を調整してもらった」という安心感が、プレーに好結果をもたらすことが多々あった。単純なことだが、鈴木の心を落ち着かせるために、その当時としては有効な手段だった。

シドニー行きまで2ヵ月半になって、鈴木はひとつの大きな賭けに出る。競技用の義足の形を変えると言い出したのだ。

新しい義足に変えた場合、馴染《なじ》むまでに最低3ヵ月はかかる。かなりリスクの高い決断だった。

しかし、鈴木は、はやる気持ちを抑えられなかった。今まで使っていた、アルファベットの「J」の字のような義足から、「L」の字のような形の義足に変えようとした。新しい競技用義足は、臼井がアメリカから仕入れたカーボン素材で作られていて、より強い反発力が得られる。切断面への衝撃は大きいが、弱くなった右足の筋力をカバーしてくれるに違いない。新しい何かを注入すれば、記録が伸びるような気がした。

「新しい義足で可能性を追求したいんです！」

鈴木の強い要望に、臼井もうなずくしかなかった。

新しい義足に慣れるため、練習は激しさを増した。衝撃を受けた切断面は、赤く腫《は》れ上がる。熱を持った切断面に水をかけて、患部《かんぶ》を冷ましてから、また練習を続けた。

このころは鈴木も臼井も、パラリンピックがどういう物かを知らなかった。鈴木にとっては、20歳にして初めてのパラリンピック。臼井にとっても、自分で作ったスポーツ義足で挑む初めての世界大会だった。お互いにベースとなる蓄積《ちくせき》もなければ、勝つためのノウハウもない。初めての挑戦を前にして、鈴木も臼井も、毎日が試行錯誤《しこうさくご》だった。

10月、鈴木は臼井とともにシドニーに乗り込んだ。

この2000年のパラリンピックから、走り高跳びのカテゴリーが統合され、義足の選手だけでなく、足が残っていても下肢《かし》に機能低下がある障害や上肢切断《じょうしせつだん》の選手とも一緒に戦うことになった。腕を切断した選手の方が下半身が自由なため、跳躍力《ちょうやくりょく》がある。鈴木にとっては不利なルール改正だった。

巨大なスタジアムに入ると、言葉では表せない緊張感が鈴木を襲ってきた。高校時代のインターハイなどとは比べ物にならない重圧だった。

試合が始まった。自分の目の前で、海外の選手が次々とバーを越えていく。他人のプレーを見れば見るほど、自分が信じられなくなってきた。自分の番が近づいているのに、集中力が高まってこない。疑心暗鬼《ぎしんあんき》の念ばかりが大きくなってくる。

その後の試合での出来事を、鈴木は覚えていない。普段なら余裕でクリアできる高さで失敗したことも、顔を引きつらせて跳んでいたことも、後でビデオを見てわかったことだった。

結果は1m78cmで6位入賞。自己ベストの1m85cmには及ばなかった。

「申し訳ないです……」

試合後、鈴木は臼井に謝《あやま》った。

初めての大舞台とはいえ、完全に自分を見失っていた。「臼井さんの義足が世界一であることを証明したい」と心に誓って挑んだにも関わらず、結果を残せなかった。新しい義足に挑戦したことも、結果には反映《はんえい》されなかった。鈴木は、己《おのれ》の不甲斐《ふがい》なさを悔《く》やんだ。

しかし、臼井はにっこりと笑いながら、鈴木の肩に手をかけた。

「今日が始まり。俺《おれ》も、もっといい義足を作るからさ」

臼井の言葉に、鈴木もうなずいた。

臼井と共に世界を目指して跳び続けた

◇

不本意な記録に終わったが、シドニーパラリンピックは、2人にとって思い出深い大会となった。大会を通じて、鈴木は走り高跳び、臼井はスポーツ用義足と、生きていく方向性がより明確になった。

臼井はシドニーでの収穫をこう語る。

「これまでは見よう見真似《みまね》で作っていた競技用義足でしたが、それが海外の選手の義足を生で見ることで、何が足りないかがはっきりしました。そうです。世界で戦える義足とは何かが見えてきたんです。

シドニーに行ったことが、鈴木君だけでなく、日本のスポーツ義足にとっても、ひとつの大きな転機になったと思います」

生きる道が見つかれば、人生がぶれることはない。2人はその後も、自分の道を突き進んでいく。

義足のハイジャンパー・鈴木徹と、義肢装具士・臼井二美男。2人の原点はシドニーにある。

□恩師との出会い

記録が伸びない。まったくと言っていいほど、自分の成長が感じられない。

2004年の秋、鈴木は自分自身にうんざりしていた。

大学で練習を重ねてきたし、走り高跳びの理論も身につけた。この4年間で数多くの試合も経験してきた。栄養学やスポーツ心理学も学んで、以前とは比較にならないくらい自分を高めてきたつもりだった。

なのに、2004年のアテネパラリンピックでは、前回と同じ6位に終わってしまう。

記録は1m80㎝。自己ベストの1m90㎝には遠く及ばない。

　4年前のシドニーは初めてだったし、準備期間も短かったから、6位でも仕方ない。

だが、充分な準備をしてきたはずのアテネでの結果がこれでは、ショックも大きい。シドニーからアテネまでの努力が全《ぜん》否《ひ》定《てい》されたような気分になった。

シドニーに続いて出場したアテネパラリンピック

　鈴木の中に迷いがあったのも事実だ。2002年のインターナショナルチャレンジで、優勝したアメリカ代表のジェフ・スキバは、日常生活用の義足で2m8㎝を跳んでいた。短距離ランナー向けの競技用義足を使っていた鈴木にとっては、ショッキングな光景だった。

――世界記録保持者のジェフが日常用で跳んでいるのなら、自分もそれにならった方がいいのではないか……。

この大会の後から、鈴木も日常生活用の義足で跳ぶようになるが、同時に自己ベストの１ｍ90㎝の壁も越えられなくなってしまう。新たな何かを取り入れようとするほど、深みにはまっていく自分がいた。

アテネパラリンピックが終わってからの１ヵ月、鈴木は何もする気になれなかった。自分が走り高跳びに向いているのかさえ疑わしかった。もう陸上を止《や》めてしまおうかと考えたこともあった。

しかし、結果が出なかった原因を探るうちに、鈴木はあることに思い当たる。

大学で陸上をやっている仲間はみな、高校から競技を続けている。だが、自分は、高校時代にハンドボールをしていた。陸上の基礎は誰にも習っていない。これまでは身体能力だけでやってきた。だから、コンディションに左右されやすかったし、成績も安定しなかった。安定した結果を残すには、やはり基礎が必要だ。基礎を一から教えてもらうとなると、高校が一番いいのではないか……。

そう思いついた鈴木は、つてをたどって、神奈川県立横須賀《よこすか》高校の福間博樹《ふくまひろき》とアポイントを取った。福間は世界ジュニアのコーチを歴任《れきにん》するなど、走り高跳びでは名の知れた指導者だった。当時の日本記録保持者である吉田孝久《よしだたかひさ》なども指導している。

筑波大学ＯＢでもある吉田を介して、鈴木は福間との接点を作った。そして、高校の練習に参加したい旨《むね》を伝えた。

急な話に、福間も驚いた。義足の選手を見たこともなければ、指導したこともない。それでも「これも何かの縁《えん》だろう」と、鈴木を受け入れることにした。

それから週に一度、鈴木は大学のあるつくばから、福間の教えている横須賀まで通うようになった。基本的な理論を知らなかった鈴木は、福間の教えを素直に吸収していく。

島根県の浜田市に生まれ育った福間は、恩師の導きもあって、中学時代から走り高跳びに打ち込むようになる。誰よりも高く跳びたい一心から、なけなしの小遣《こづか》いを叩《はた》いて、陸上の専門書を買い漁《あさ》ったりもした。しかし、どの本にも走り高跳びの方法論は出ていなかった。ひたすら練習メニューだけが書いてあるだけで、技術論はどこにもない。

「こんなのサギじゃないか」と、福間は激怒《げきど》する。スクワットを何回やったかなんて、個人差の問題だ。技術を伸ばすこととはまったく関係ない。初めからできる人は、ただ練習メニューに沿ってやれば、黙っていても伸びるかもしれない。自分が知りたいのは、上手《うま》くない選手が上達するためのアプローチであり、日本人が走り高跳びで世界に勝つための方法論だ。そういったベースになる考え方がどこにもない。

ならば、自分で走り高跳びの理論を構築《こうちく》するしかない、と福間は思うようになった。

その後、選手としては一流にはなれなかったものの、指導者として情熱を燃やし続け、今ではハイジャンプ指導の第一人者となっている。

このように書くと、熱血漢《ねっけつかん》のような印象を与えるかも知れないが、実際の福間はとても理知的《りちてき》で穏《おだ》やかだ。声を荒げて選手を罵倒《ばとう》することもなければ、体育会にありがちな精神論を振りかざすこともない。かと言って、理論ばかりを信奉《しんぽう》する学者肌《がくしゃはだ》でもない。問わず語りに出てくる言葉は、技術論から人間、宇宙の話まで多岐《たき》にわたる。いつも自信に満ちた表情で、的確なアドバイスを送るその姿は、40代半ばの実年齢《じつねんれい》よりもかなり若々しい。

そんな福間が作り上げた練習方法は、とても緻密《ちみつ》だった。走り高跳びに必要な動きを細分化して、系統だったトレーニングにしている。

地味な動きの繰り返しに、鈴木も最初は戸惑《とまど》った。大学では、週に2回ほど跳躍練習《ちょうやくれんしゅう》をして、その他の日には重たいバーベルをガンガン上げていた。見た目にも華《はな》やかで、充実感にあふれたメニューこそが練習だと信じていた。

ところが、福間のメニューは単純な反復練習ばかり。「跳躍練習はしなくていい」と言う。見るからに地味で、走り高跳びとは直接関係なさそうな動作ばかりを繰り返しやらせる。「こんな練習で大丈夫かな」と不安になったが、福間からは毎回「この練習はこの動きのときに役立つ」との説明があった。

また、色々悩んだ義足についても、福間から「スプリント用の義足がいいんじゃないか」とのアドバイスがあった。圧倒的な身体能力に依存する世界記録保持者ジェフ・スキバと違って、鈴木はスピードを活《い》かして跳ぶタイプだと、福間は見抜いていた。ならば、スピードを出しやすい義足にした方がいい、というのが結論だった。

義足を再び短距離走用に戻し、練習を数ヵ月続けていくと、面白いことが起こった。その間、一度も跳躍練習をしていないのに、久しぶりに跳んでみたら、１m90㎝をクリアできた。ここ2年間、試合でも跳べなかった１m90㎝を、練習で跳んでしまったのだ。

通常、走り高跳びでは、練習の数値プラス5～10㎝が本番の記録と言われている。まず、本番に向けて体調を整えることで、練習のときよりジャンプ力が増す。これを陸上の世界では「バネを貯《た》める」と表現する。また、試合となると、集中力が違ってくる。ほど良い緊張感や、ライバルとの争いなどで、自ずとテンションも上がってくる。だから、練習よりも高く跳べる可能性が高くなる。「練習以上の物は試合に出ない」と考えがちなスポーツの世界にあって、ちょっと異質《いしつ》なセオリーと言えるだろう。

その理屈《りくつ》で考えると、練習で1m90㎝を跳べたということは、試合では2mを跳べる可能性があるということだ。走り高跳びを始めてからの目標であった2mが、いよいよ現実として見えてきた。

——福間先生の理論は間違っていない！

鈴木は確信を深めるとともに、より一層、練習に力を入れるようになった。

元々《もともと》鈴木は、単純作業をあまり苦にしない。やる意味さえ理解していれば、どんな単調な練習でも根《ね》を上げない。1人だけでも粘り強く練習をやり通せる。義足のリハビリと同じで、福間の練習は、やった分だけ返ってくる。だから頑張れた。福間も、毎週課題をクリアしてからやってくる鈴木の取り組みに驚いている。

走り幅跳びを始めてから5年間、ずっと我流《がりゅう》でやってきた鈴木に、ようやく基礎が作られた。福間の指導を受けた2005年は、久々に好調なシーズンとなる。福間から言われた「自然な動き」を意識したこともあり、ケガが少なくなった。反復練習の成果もあって、記録も大幅に伸びている。5月にイギリス・マンチェスターで開催されたパラリンピック・ワールドカップでは、自己ベストを更新《こうしん》する1m98cmを跳んで、銀メダルを獲得。国際大会で初めてメダルを手にした。8月のフィンランドでのヨーロッパ選手権でも1m97cmを跳んで、銀メダルに輝いている。この大会で、世界記録保持者であるアメリカのジェフ・スキバとの一騎打《いっきう》ちを経験できたことも、鈴木にとって大きな財産となった。

飛躍のきっかけを、鈴木はこう語る。

「今思えば、自分にベースがなかったんですよ。何も土台《どだい》がない所に、毎年新しい物を乗せようとするから、結局、何も残らなかった。義足を色々と変えたのもそうです。何か新しい力を入れれば、結果が出るんじゃないかという、単なる願望《がんぼう》にすぎなかったんです。普段の練習にしても、跳躍練習や筋トレといった派手な練習に気を取られて、見せかけの充実感に惑わされていました。

でも、福間先生にベースを教わってからは、考えが変わりました。新しい物に目移りするのではなく、地道な練習の重要性に気づきました。地味な練習を繰り返す中での、自分なりの試行錯誤《しこうさくご》。これがベースになってくるんです」

「走り高跳び」という人生の方向性は、義足によって導かれた。そこからさらにステップアップして、今度はハイジャンパーとしての方向性は、福間から教わった。人生の節目、節目で、鈴木は運命的な出会いを経験している。まるで目に見えない流れが、鈴木をさらなる高みへ導くかのように。

確かなベースを身につけた鈴木は、義足のハイジャンパーとして、さらなる一歩を踏み出そうとしていた。

□2mを越えた日

年が明けた2006年、鈴木の調子はあまり良くなかった。オフシーズンに切断面を痛めたことが、ケチのつき始めだった。

原因は、足と義足をつなぐソケットがフィットしていないことにあった。義足を履《は》くたびに切断面に傷ができてしまい、酷《ひど》いときには断端《だんたん》が膿《う》んでしまう。痛みのために義足を履けない時期が2ヵ月近くも続いた。

春になって、トレーニングを再開したものの、少し良くなってはまた傷を作る繰り返し。コンディションは一向に良くなってこない。

騙《だま》し騙しの状態では、記録も伸びるはずがなかった。5月にイギリスで行われたワールドパラリンピックでは、2年続けて銀メダルを獲得するも、記録は1m91㎝。同じく5月に行われた、ドイツでのパラリンピックチャレンジでも銀メダルだったが、記録は1m92㎝。記録よりも勝負に徹したと言えば聞こえはいいが、2mを目指して快進撃を続けていた前年と較べると、明らかに内容に不満が残る。行く先々で、新聞記者に「今年はスランプですか？」と聞かれるようになった。

精神的な焦《あせ》りも原因のひとつだった。ケガが続いて、思うように練習ができない間、鈴木は「2mを跳ぶためには、自分に何が足りないのか？」を考え続けた。それ自体は悪いことではないのだが、2mという数字の魔力《まりょく》に、いつしか自分を見失っていた。

参考になる動きはないかと、ほかの選手の跳躍のビデオばかりをチェックする。自分のベースを固める前に、新しい技術を取り入れようとやっきになっていた。

跳躍練習では、スタートの高さを1m60㎝から1m80㎝に引き上げた。「2mを跳ぶには、それくらいから始められないと」という気持ちはわからないでもないが、段階を飛ばして高望みをしても、結果はついて来ない。前の年なら楽々と跳べていた1m90㎝

を、この年は、練習で一度もクリアできていなかった。

試合のなかった夏場に、もう一度体作りからやり直したが、調子は上がってこない。跳べない理由も依然《いぜん》として見つからなかった。

9月上旬にはオランダで世界選手権に参加したが、「最初から跳べる気がしなかった」との言葉どおり、1m89㎝しか跳べていない。2mという数字を意識するがあまり、自分のプレーに集中できなかった。この大会は2m1㎝を跳んだ選手が2人も出るなど、レベルの高い試合となった。そういった周囲の記録に惑《まど》わされた面も否定できない。掛《か》け持《も》ちで参加した4×100mリレーでは日本チーム初の銀メダルに貢献したが、本業の走り高跳びで結果を残せなかった。

体調は戻っているのに、踏み切りの感覚が今ひとつつかめない。好調時はパーンッと弾《はじ》けるように跳べるはずが、試合ではいつもグニャッという感覚だった。その理由が筋力にあるのか、動きにあるのか……、明確な答えは出ないままだった。

帰国後に、鈴木は友人の醍醐直幸《だいごなおゆき》に連絡を取った。

「一緒に練習をやらないか?」

鈴木の誘いに、醍醐も乗ってきた。

醍醐は、都立野津田《のつだ》高校時代に世界ジュニア選手権で7位に入賞するなど、日本の走り高跳び界のホープとして期待されていた。しかし東海《とうかい》大学に進学後、足首のケガから低迷し、卒業時には実業団から声がかからなかった。それでも「自分には走り高跳びしかない」と、アルバイトをしながら競技を続けた。04年の埼玉国体では優勝し、「フリーターの星」ともてはやされた。その後、富士通《ふじつう》に所属し、06年7月には2ｍ33㎝を跳んで、日本記録を更新している。

醍醐と鈴木は同学年で、どちらも福間の指導を受けていたこともあり、以前から親交《しんこう》があった。ともにマイペースで、体のバネとテクニックで跳ぶタイプと、共通点も多い。醍醐は、鈴木の前向きな姿勢を尊敬し、鈴木は、醍醐の軸《じく》のぶれない跳び方を手本としていた。

こうして、健常者の日本記録保持者と障害者の日本記録保持者との合同練習が始まった。跳躍練習を互いに繰り返した後、しばらくしてから醍醐は、鈴木の動きの欠点を指《し》摘《てき》した。

「助走の接地《せっち》時間が短い」

醍醐の言葉に、鈴木はハッとした。このころ、鈴木は4×１００ｍリレーの練習もやっていた。だから、知らないうちに、走り方が短距離走の形になっていたのだ。

スプリントの走りは、脚を軽やかに回転させる。足はあまり長い間接地させない。擬《ぎ》音《おん》でいうなら、ササササッという軽い感じだ。

一方、走り高跳びの助走は、歩幅を取って、一歩一歩踏みしめるようにして走る。グン、グン、グンと踏み込んで、接地時間を長くすることで、地面からの反力をもらい、高く遠くへ跳ぶ力に換《か》えていく。

跳べなかった理由が明らかになり、鈴木は早速《さっそく》、走り方を変えた。上《うわ》っ面《つら》を滑《すべ》るのではなく、一歩ずつ踏みしめるようにして助走する。劇的《げきてき》に動きが良くなっていくのが、自分でもわかる。走り方を変えたら、踏み切りのタイミングも自然と良くなった。醍醐の何気《なにげ》ないひと言が、鈴木の自信を甦《よみがえ》らせた。

さらには福間のアドバイスを受けて、跳躍練習のスタートを１ｍ60㎝に戻している。これまでは２ｍに近づこうと、気ばかり焦っていた。しかし、近づくためには、一度遠ざかることも必要だ。２ｍへの色気を捨てることで、鈴木は本来の自分を取り戻そうとしていた。

◇

9月30日、ジャパンパラリンピックを翌日に控えて、鈴木は岡山のホテルにいた。いつもは寝つきのいい鈴木だが、この日に限って、なかなか眠れない。ベッドで横になるが、寝ようと思うほど興奮してくる。翌朝の7時に起きなければならないが、深夜の2時を過ぎても、目が冴《さ》える一方だった。

——流れのままに行くしかないか。

鈴木は起き上がって、テレビのスイッチを入れた。前日に一睡《いっすい》もしないで金メダルを獲《と》った選手の話を、鈴木は聞いたことがある。別に8時間寝たから、必ずメダルが獲れる訳でもない。寝られなかったら、寝ないでいいじゃないか。変に寝ようと思うと、プレッシャーで、返《かえ》って体が硬くなる。だったら、思いのままに起きていよう。流れに任せて、寝たいときに寝ればいい……。

鈴木が眠りに就いたのは、明け方4時近くだった。

翌朝7時に鈴木は目覚める。明らかに睡眠不足だったが、眠気《ねむけ》はなかった。体調は良くもなく悪くなく、といったところか。こういう日の方が結果が出やすいことを、鈴木は経験上知っていた。コンディションが最高というときほど、意外と結果が出ないものだ。コンディションがいいと、つい調子に乗りすぎて、落とし穴にはまってしまうからだ。

鈴木は、高校時代にハンドボールで1試合10点を取った日のことを思い出していた。あのときは、前日に39度近い熱があって、試合当日も熱が残っていた。頭はボーッとしていたが、熱があるから、体はよく動く。何もしないでも体が温まっている。変な緊張感もなければ、欲もない。試合が始まると、とてもリラックスした状態で、素直にゲームに入っていけた。普段はせいぜい5点ぐらいしか取れない自分が、試合で大活躍し、10点も取ってしまった。

——あのときの感覚に似《に》てるよなぁ……。

明確な根拠《こんきょ》はないのだが、やれそうな気がする。高く跳べそうな気がした。いつもとは違う感覚だった。

会場の桃太郎《ももたろう》スタジアムは朝から雨。しかも時間を追うごとに雨脚《あまあし》が強まってくる。こんな日は、記録は期待できない。だが、鈴木の気持ちは違った。

——きっと雨は止《や》む。絶対に止む。

なぜか、素直にそう思えた。邪念《じゃねん》の入り込む余地がない。

思いが通じたのか、試合開始前から雨が小降《こぶ》りになってくる。試合が始まるころには、

好調なジャンプが続いた2006年ジャパンパラリンピック

すっかり雨も上がり、日射《ひざ》しさえ顔を覗《のぞ》かせるようになった。

——跳ばせてもらえるんだ！

体調も万全でなければ、競技場の状態もベストではない。だが、何かが噛《か》み合っているように感じられた。目に見えない流れが、自分を後押ししているようだった。「自分が跳ぶ」のではなく、「跳ばせてもらえる」という気持ちになれた。

公式練習での感触は上々だった。調子は悪くない。本番でも１ｍ80㎝と１ｍ85㎝を１本目でクリアした。調子に乗って行きたいところだが、ここで、福間からのアドバイスを思い出す。

「調子のいい日ほど、ひとつひとつク

リアしていけ。欲張らなければ、きっといいジャンプができるはずだ」

福間の言葉を反芻《はんすう》しながら、鈴木は、次の高さを1m88㎝に設定した。少しずつ、確実に刻んでいこうと、改めて自分に言い聞かせた。

1m88㎝を一度で跳んだ鈴木は、その後も3㎝ずつ刻んでいく。好調だった前年のシーズンのように、ミスの少ないジャンプが続いた。

そして、いよいよバーを2mに上げた。これまで公式戦で4回挑戦して、いずれも失敗している高さだ。いつもなら意識してしまうところだが、この日に限って、妙な気負《きお》いはなかった。

――3本跳べるんだから、そのうち1本は跳べるだろう。

根拠のない自信だったが、鈴木の気持ちは落ち着いていた。

1本目、2本目と、あとわずかでバーが落ちてしまった。惜しい跳躍が続く。

最後の勝負となるかもしれない3本目。鈴木は気持ちを集中させる。いつもなら、観客に手拍子を求めて、気持ちを乗せていくのだが、天候が悪かったこともあり、この日は観客が少なかった。だから、自分で気持ちを高めようと思った。

スタートラインに向かうまでの間、これまで世話になった人たちの顔を思い出して、自分を奮《ふる》い立たせた。病院やサポートセンターの人たち、いつも義足を作ってくれる臼井、走り高跳びの基礎を教えてくれた福間、良きライバルであり、親友でもあり、自分にとっての手本でもある醍醐、いつも面倒を見てくれた両親、そして、初めて入院したときからずっと心の支えになってくれた妻の麻美……。他にも多くの人たちの顔が頭に浮かんだ。

感謝の気持ちを力に換えて、などという安直な物言《ものい》いでは片づけられない。この中の誰か１人とでも巡り会っていなかったら、自分はこの場に立てていなかっただろう。ひょっとすると、今、生きていたかどうかもわからない。そう思うと、自然と気持ちが高まってきた。意識を、向こうに見えるバーだけに集中させていく。

助走に入った。一歩一歩、踏みしめるように走っていく。踏み切りに入る。どのように跳んだかは覚えていない。マットに落ちる。バーに目をやった。バーは揺れてはいたが、落ちる様子はない。小刻《こきざ》みに揺れながらも、その場に収まっている。

――２ｍを跳んだ……。

鈴木はこぶしを突き上げた。夢にまで見た、２ｍジャンパーの仲間入りの瞬間だった。足切断の選手では世界で２人目。上肢切断（同じ障害クラス）の選手を含めると世界で

2006年10月１日、念願だった２ｍをクリアした

3人目だった。

試合が終わると、また雨が降ってきた。ひとつひとつがベストだったとは言えないが、体調、天候、集中力、その他のすべてが嚙み合って、最高の跳躍ができた。鈴木にとってはほんの一瞬の出来事だった。

多くの記者たちに囲まれて、鈴木は淡々と喜びを口にした。

「2ｍを跳べてホッとしました。でも、これで終わりじゃない。次は2ｍ5㎝という目標が自然と生まれてくるし、北京パラリンピックでは、世界記録の

「２ｍ10㎝を跳びたい」

２ｍを跳ぶことで、初めて見えてくる世界もある。健常者の全日本実業団選手権の標準記録は２ｍ。つまり、２ｍを跳べたということは、健常者と同じ土俵《どひょう》で戦えることを意味する。これまで健常者の地方大会にも参加してきた鈴木にとって、もうひとつ上のステージで勝負できることになる。さらに２ｍ11㎝を越えればグランプリレースに出られるし、２ｍ13㎝をクリアすれば日本選手権にも出場できる。２ｍを越えれば、ハイジャンパーとしての世界はどんどん広がっていく。

◇

２ｍを跳ぶことは大きな目標であったが、しかし、あくまでも通過点でしかない。これから先も、鈴木はあらゆる限界を跳び越えていくだろう。多くの人たちに支えられながら、さらなる高みを求めていくに違いない。

義足のハイジャンパーはいつも上昇の途上にいる。

第2章 トップアスリート鈴木徹

□ベースを作る

新宿から特急に乗って約1時間半。中央本線の塩山駅《えんざんえき》に到着する。駅のすぐ近くには古民家があり、観光地らしい、のんびりとした風情《ふぜい》が漂《ただよ》う。そこからさらに4キロほど坂を登っていくと、鈴木がいつも練習している甲州市《こうしゅうし》塩山総合グラウンドがある。

グラウンドからは遠くに富士山が見渡せる。山に囲まれた山梨県では、色んな山が視界を遮《さえぎ》って、意外と富士山が見にくいのだという。

「これだけ富士山がはっきり見える場所は、この辺《あた》りでは珍しいんですよ」

鈴木は自慢《じまん》げに紹介してくれた。

グラウンドの隣りには体育館がある。中学、高校時代は、この体育館でよくハンドボールの試合をしたという。鈴木にとって思い出深い場所でもある。

練習はだいたい朝の9時ぐらいから始める。土日はサッカーのスポーツ少年団が使うので、邪魔《じゃま》にならないように外を走る。平日はほぼ貸切《かしきり》状態で、たまにウォーキングをするお年寄りがいる程度。取材した日には、偶然《ぐうぜん》、地元の老人会がグラウンドゴルフをやっていた。

「イケメンがいるから、声をかけたくなってね」

グラウンドゴルフの手を止めて、老婆《ろうば》が鈴木に話しかけてくる。鈴木も気さくに答える。ひとしきり言葉を交わした後、鈴木は「お婆《ばあ》ちゃんも『イケメン』って言葉を知ってるんですね」と、少し驚いた表情を見せていた。

義足の調整も自分でする

そんなのどかな雰囲気の中、毎日の自主練習が行われる。
まず、日常用の義足のまま、軽いジョギングを行う。次に、左右の足に体重をかけながら、ゆっくりと一歩一歩前に進む。股関節《こかんせつ》に体重がかかっていることを確認しながら、丁寧《ていねい》に繰り返していく。

その様子を写真に収めてみたが、正直なところ、あまり絵にならない。跳躍練習のない日は、特に地道なトレーニングだけになるので、見栄《みば》えのしない動きばかりになる。野球ならばバットを振ったり、ボールを投げたりという「それらしい」動きが入ってくるのだが、陸上では、そういったわかりやすい練習はあまりない。

今度は義足を競技用につけかえる。切断面にたまった汗を丁寧にふき取ってから、自分で義足を微調整《びちょうせい》する。六角レンチを使う姿は手慣れたものだ。やり方は、義足を作っている臼井に習ったという。

義足を変えたら、また同じことを繰り返す。ゆっくりと自分の体と対話するように、一歩一歩、感触を確かめる。はたから見ていると地味で、面白くなさそうにも映るが、鈴木は自分なりの試行錯誤《しこうさくご》を楽しんでいる。

「僕は一度、右足の感覚を失っているから、右足に体重を乗せる回路を作り直しているんです。左足でやるのと同じようにできないと、バランスが崩れますからね。この練習は福間先生に教えてもらいました」

そう言われてみると、確かに、左右どちらの足でも、同じように体重を支えられている。地面に残った足跡も左右対称でバランスがいい。義足をつけた右足でも、地面をしっかりととらえながら、股関節でためを作れている。当たり前のように動いているから、つい、見落としてしまいそうになるが、義足の人間がここまでやるのは並大抵《なみたいてい》のことではない。鈴木はいつも、障害者には難しいとされることをさらりとこなす。

走る感覚を確認した後は、補強練習に入る。鈴木は近くにあった柱に歩み寄った。足を片方ずつ前に出しながら、両腕を突っ張って、電柱を押す動きを繰り返す。相撲の鉄《てっ》砲《ぽう》のようにも見えるが、腕はずっと伸ばしたまま。ときおり「ウッ、ウッ」と、小さなうなり声を上げる。遠目に見ていると、ちょっと間抜けな動きだが、鈴木にとっては重要な練習だ。

「これは福間先生が考えた、腹圧《ふくあつ》を鍛えるトレーニングです。腹筋の内側を鍛えるイメージですね。腹筋のインナーマッスルみたいな物です。こうして骨盤《こつばん》をクイッと入れることで、腹圧が高まって、体幹《たいかん》がしっかりしてきます。

この練習をやると、お腹の内側に力が入るから、メタボリックシンドロームみたいに腹が出てくるんです。たとえて言うなら、肉詰めのピーマンみたいな物ですよ。いくら表面の腹筋だけを鍛えても、内側が空洞《くうどう》だと意味がないですからね。体の内部から鍛えていかないと。僕は、見た目は気にしません。高く跳べれば、それでいい」

もしも鈴木の腹が出ていたとしても、それは不《ふ》摂生《せっせい》ではなく、腹筋を鍛えすぎたからだと理解してほしい。元々太らない体質もあるが、鍛え抜かれた鈴木の体には、一切の無駄《むだ》がない。

腰を入れながら腹圧を強化するトレーニング

今度は横を向いて、肩を柱に預けながら、おしくら饅頭《まんじゅう》のような動きを始めた。これも体幹強化のひとつで、助走でコーナーを曲がる際、遠心力に負けないためのトレーニングだという。

その後はメディシンボールを投げたり、坂道ダッシュを繰り返し、再びグラウンドに戻ると、今度はバランスディスクを使った練習を始めだした。

バランスディスクは、空気の入ったゴムボールの一種で、大きな錠剤《じょうざい》のような形をしている。その上に乗ると不安定だから、バランスを保とうと、普段使わない筋肉が刺激され、体のバランスが良くなると言われている。ぶにょぶにょとした感覚のディスクの上に立つのは、見た目以上に大変だ。片足で立つことは、初心者にはまず不可能に近い。

しかし、鈴木は義足だけでバランスディスクの上に乗ってしまう。さすがに健康な左足で立つときのようには上手く行かないが、それでも、かなりの時間、バランスを保てている。

「片足立ちは、つい、ヒザでバランスを取ろうとするんですけど、本当はヒザではなくて、お尻やその周りの筋肉でバランスを取った方がいいんです。お尻に力を入れる感覚がわかれば、走るときに、義足が安定して地面と接地するようになるから、助走のバランスが改善されます」

こうして、2時間ほどの練習が終わる。最後にグラウンドにトンボをかけて、整備するのだが、鈴木に言わせると「トンボかけもトレーニング」だという。

「砂の負荷《ふか》を利用した歩行訓練になりますから。重心を下げて歩くのは、走り高跳び

身近にある物をトレーニングに変えていく

の助走にも通じますしね」

　単なる思いつきだと言うが、鈴木には、その場にある物を上手く練習に取り入れる感覚がある。

　汗を拭《ぬぐ》い、義足の手入れを済ませた後、鈴木は基本練習の重要性についてを語りだした。

「陸上だけに限らず、何事でも言えると思いますが、単調な努力を続けることはとても大事ですよね。今の世の中、華《はな》やかなことをやりたい、上《うわ》っ面で評価されたいと思っている人が多いですけど、そういう考えだと、本当に自分と合う物が見つからない気がするんです。

僕は、たとえ今、評価されなくてもいいんですよ。自分にやりがいや楽しみがあれば、それでいい。今日のような単調な練習にしても、考え方ひとつで楽しくなります。たとえ地味なことでも、できないことができるようになれば、それだけで楽しいですし。練習の始めに歩くのも、体の状態とか、体重の乗り方だとかを、自分の体と対話しながらやっているんですね。常に体とキャッチボールをしているというか。そういう作業が、僕は好きなんだと思います。だから、地味な練習でも苦にならない。

学生だけじゃなく、実業団のレベルになっても、こういった地道なトレーニングは大事だと思います。それがベースになるんですから」

基本の重要性がわかるから、単調な練習でも手を抜かない。

鈴木の基礎、ベースとなるのは、福間の理論だ。鈴木は、福間の指導法に心酔《しんすい》しきっている。

「福間先生のトレーニングは細かいけど、細分化《さいぶんか》された物がまた一体化されるんですよね。だからひとつひとつのトレーニングの目的が明確なんです。福間先生のように、走り高跳びを細分化して、また一体化できる指導者は、他にいないと思いますよ。ほとんどが『体幹を鍛えろ』と言ったら、それで終わり。『体幹を鍛えると、体を一本の棒みたいに使えるようになって、エネルギーのロスが少なくなる。だから高く跳べるようになるんだ』というところまで教えないから、基本練習の重要性が見えなくなってしまう」

福間の理論のベースは、体を一本の棒のような状態にして跳ぶことにある。福間は走り高跳びを教える際、ボールペンを使ったデモンストレーションをよく用いる。

ボールペンに角度をつけて競技場で弾《はず》ませると、1mの高さのバーを軽々と越えていく。初めて見る人には驚きの光景だが、これが走り高跳びのメカニズムだという。

踏み切り足を踵《かかと》から踏み込む際、踵から頭の先までを一本の棒のようにする。そうすればボールペンのように、余分な力を使わなくてもきれいに跳んでいける。ここで、頭と胸と腰の3つのポイントがひとつでも緩《ゆる》んでいると、一本の棒でなくなってしまう。エネルギーが逃げてしまい、地面からの反力《はんりょく》もロスしてしまう。だから、3つのポイントが緩《ゆる》まないためにも、体幹の強さが必要になってくる。

福間は、体幹を一本の棒のようにするためのトレーニングメニューを数多く考案している。腹圧のトレーニングは、その代表例と言えるだろう。

「ベースを大事に」という福間の教えは、鈴木にとって様々な気づきを与えている。鈴木は、自分が考える「ベース」についても説明してくれた。

「自分のベース、土台ができていない所に新しい物を乗せていっても、結局は何も残りません。『新しい年を迎えたから、新しいことをやろう！』という考えには、大きな落とし穴があるんですよ。

以前の僕がそうでした。シドニー（パラリンピック）のときに、３ヵ月前を切ってから義足を変えたのもそうでした。（世界記録保持者の）ジェフ・スキバが日常生活用の義足で跳んでいるのを見て、義足を競技用から日常用に変えたのもそうです。あのころは、自分のベースがないのに、新しい物を取り入れれば何とかなるだろうと考えていました。今思うと、何もわかってなかった。

走り高跳びのベースは踏み切りのタイミングです。これさえしっかりしていれば、大きく崩れることはありません。逆に、踏み切りのタイミングが合っていないのに、新たなチャレンジをしてしまうと、跳べなくなります。そこをわかっていないと、下手をすると踏み切りのタイミングを取り戻せないまま、競技生活を終えてしまうことになります。

だから、まずベースとなる踏み切りのタイミングをひとつ作って、そこに課題をつけ足していくことが大事ですね。何でも足していけばいいってものじゃありません。そうなんです。足し算が足し算にならないところが、スポーツの面白さですよね。これは個人競技も団体競技も同じです」

個々の能力が高いのに、チームとしての成績に結びつかないというのは、よくある話だ。わかりやすいところでは、プロ野球の巨人がそうだろう。あれだけの戦力を毎年補《ほ》強《きょう》しながら、今ひとつ勝てない。これと同じことが、個人競技の選手の中でも起こるというのは興味深い意見だ。

団体競技の話が出たついでに、チームのベースとは何かと聞いてみたら、待ってましたとばかりに、鈴木は身を乗り出してきた。

「日本のサッカーと女子バレーを較べたら、違いがよくわかると思いますよ。女子のバレーボールは伝統的に『拾ってつなぐ』スタイルがあります。このベースを崩さずに発展させたのが『スピードバレー』です。しぶとく拾いながら、速い攻撃で相手を翻弄《ほんろう》する。柳本さんが監督になってから、スピードバレーで世界の上位に食い込んでいますよね。海外のチームも日本の速さについていけてないから、戦い方としても理に適《かな》っています。女子バレーは、これまで築き上げたベースを維持しながら、必要な部分を補ってきた。『ベースアップに成功した』ということです。

それに対して男子のサッカーは、組織的なプレーで強くなってきたのに、ジーコ監督になったとたん、チームのテーマが『自由』になりました。個人の判断を尊重《そんちょう》するのは、ブラジル出身のジーコ監督らしいやり方ですけど、これまでの流れから１８０度方向転換してしまいました。その結果、06年のワールドカップでは得点も増えずに、逆に失点が増えました。これまでのベースを無視して、新しい物を取り入れようとして、無残な結果に終わっています。男子のサッカーは『レベルアップに失敗した』典型《てんけい》です。

レベルアップを狙うと、上達する場合もあるけど、リスクが大きい。一度歯車が狂ってしまうと、『蓋《ふた》をあけたら、何も残ってなかった』なんてことにもなりかねません。

ベースアップはリスクが少ないし、自分のベースが崩れないから、『簡単には負けないチーム（もしくは個人）』になれます。

チームでも個人でも、大事なのはレベルアップよりもベースアップ。監督が代わるたびに方針が変わっているようだと、いつまでたってもベースアップができません。

もっとわかりやすい例ですか？　女性の場合、いつもと同じメイクをしながら、少しずつ新しい色を加えていくのがベースアップ。これなら、徐々に垢抜《あかぬ》けていく確率が高いですよね。

それに対して、いきなりメイクの方法を変えてしまうのがレベルアップ。劇的にきれいになる場合もあるけど、残念ながら、ほとんどの場合は『どうしちゃったんだ、この子は?』ということになります」

陸上の場合、自分を監督するのは自分自身だから、自分のベースさえ見失わなければ、ベースアップは可能になる。まずは己《おのれ》を知り、ベースとなる理論をしっかり持っていれば、方向性がぶれることはない。

鈴木はさらに続ける。

「何に関しても、ベースは大事だと思うんですよね。服装《ふくそう》もそうです。『自分に合っている服はこれだ』というのを毎回変えていたら、ダメなんですよね。僕も学生時代がそうでした。ブームに乗ろうとして、毎回違う服を着ていました。

でも、僕が幼いころに憧れた三浦知良《みうらかずよし》（横浜FC）さんはスーツを着る際に絶対に襟《えり》を出していた。あれは、あれでカズさんのベースだと思うのです。周囲からなんと言われようが自分のスタイルを変えない。それがプロフェッショナルじゃないかと思うのです。カズさんの服装について、今はもう、誰も何も言わなくなってますよね。『あれがカズだ』ってことで。だからカズさんは突き抜けている。

突き抜けている人は、何をやっても認められます。一本芯《しん》が通っているから。自分が『これだ』と思う物を見つけて、それをやり続けている。

僕の走り高跳びもそうです。スポーツというベースがあって、その中でハイジャンプを見つけて、『これでやって行こう』と決めました。

カズさんじゃないけど、そういうベースは必要だと思うんですよ。ベースという自分のスタイルが。イチローさんが『振り子打法はダメだ』と言われても、曲げずにやったように。それは本人の主観《しゅかん》でいいんです。本人が『これで行けそうだ』と思うのなら、それで突っ走っていけばいい。ちょっとでも不安があったら、それは止《や》めた方がいい。

仕事でもそう考えています。ちょっとでも不安や違和感があったら、止めておこうと。フリーでやっていると、色々と胡散臭《うさんくさ》い人も寄ってくるんですよ。だから、自分の中で基準を作っておかないと……。自分で生きていくためにも、自分で判断して。そういうところから決断力や判断力を養っていきたいですね」

ベースにスポーツがあって、その上に走り高跳びがある。自分で「行ける」という直感があったら、それを信じて、ひたすら突き進む。周りがどう見ていようと、そんなのは関係ない。

子供のころの憧れだった三浦知良のように、鈴木徹はプロフェッショナルとして突き抜けようとしている。競技は違えど、トップアスリートとして目指す方向は同じ。鈴木にとって響く部分があるのだろう。

「カズさんって、40歳には見えませんよね。同世代の人たちより、確実に若いと思います。好きなことを一生懸命やり続けているからでしょうね」

鈴木は目を輝かせる。40歳になった自分はまだ想像できないが、これからもベースを崩さずに生きていくつもりだ。年を重ねるごとに、どんどんベースアップしていく自分を、鈴木自身が一番楽しみにしている。

□スピードフロップ

己を知らなければ、ベースは作れない。自分自身の強みと弱点をわかっていないと、自分に合った方法も見つからない。

では、日本人が世界で戦う場合、どういう考えをベースにすればいいのだろうか?

多くの競技では「日本らしさ」という幻想《げんそう》にとらわれ、ほとんどが実体のないまま独り歩きしている。そういう競技は、残念ながら、あまり強くない。本当に勝てる競技では、日本人の強みを最大限に活かしている。日本人に向いているかどうかの問題はあるにせよ、世界で戦うためのベースがはっきりしている競技は強い。

鈴木はいつも、世界で勝つための方法を考えている。福間の教えを元に、自分が結果を出すためのベースを構築《こうちく》してきた。リハビリやボランティアの域をはるかに越えて、トップアスリートとして世界に挑む鈴木に、これまでの経験を踏まえた『日本人が勝つための方法論』を訊《き》いてみた。

「当たり前のことですけど、アフリカ系の選手、いわゆる黒人と、僕たちのような黄《おう》色人種《しょくじんしゅ》では、根本的に体つきが違います。

黒人は生まれつき、体の後ろ側の筋肉が強いですね。背筋《はいきん》や大臀筋《だいでんきん》、腿裏《ももうら》のハムストリングスなど、体を伸ばすときに使う筋肉、いわゆる伸筋群《しんきんぐん》が強いんです。体つきは全体にすらっとしてて、骨盤が前傾しているから、お尻がプリッと上を向いています。一番わかりやすいのがヒザから下です。黒人はアキレス腱《けん》が長くて、ふくらはぎが短い。だから細くてすらっとした足なんです。

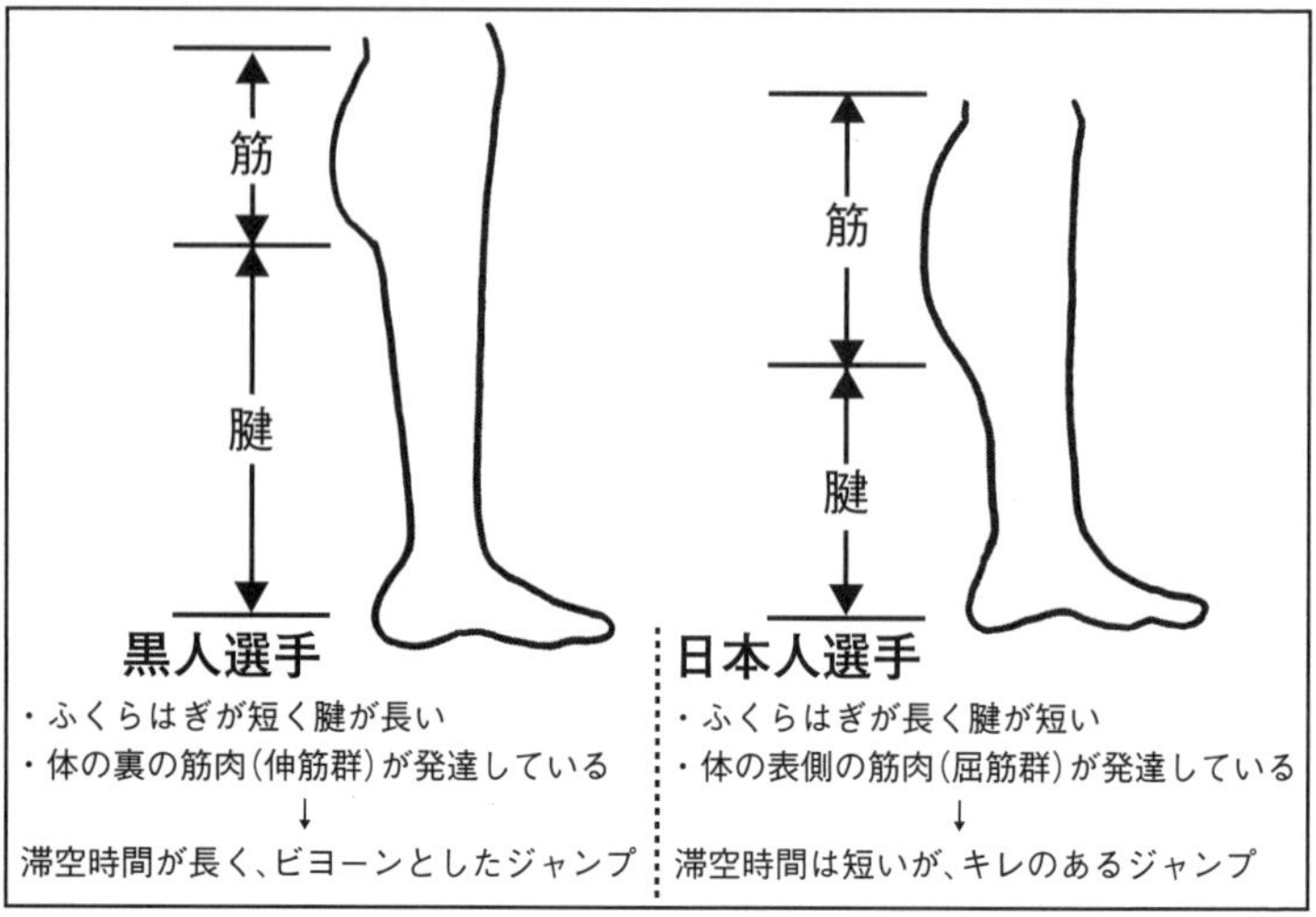
筋
腱
黒人選手
・ふくらはぎが短く腱が長い
・体の裏の筋肉（伸筋群）が発達している
↓
滞空時間が長く、ビヨーンとしたジャンプ
筋
腱
日本人選手
・ふくらはぎが長く腱が短い
・体の表側の筋肉（屈筋群）が発達している
↓
滞空時間は短いが、キレのあるジャンプ

一方、僕たち黄色人種は、腹筋や腿の前面といった体を曲げる筋肉、屈筋群《くっきんぐん》が強くなっています。どちらかというと末端部分《まったんぶぶん》に筋肉がつきやすい傾向がありますね。ふくらはぎは長くて、アキレス腱は短い。だから、黒人と較べると、ヒザから下がボテッとしているように見えるんです。

白人は、日本人と黒人の中間ぐらいか、若《じゃっ》干《かん》黒人寄りの体型ですかね」

では、体つきの違いが、どのようにジャンプに影響するのだろうか。鈴木は下腿部《かたいぶ》に注目している。

「アキレス腱とふくらはぎの割合が違うと、ジャンプの質も変わってくるんです。腱と筋肉の割合がポイントですね。

アキレス腱は筋肉よりも持久力《じきゅうりょく》がありますす。でも、収縮《しゅうしゅく》する速さは、筋肉には敵《かな》わない。逆に筋肉は、アキレス腱よりも素早く収縮するけど、持久力がありません。

これを人種別に当てはめてみると、よくわかりますよ。

黒人はアキレス腱が長いから、ビヨーンと跳びます。一見キレがないようにも見えますけど、滞空時間がとても長い。それはアキレス腱がゆっくりと伸び縮みするからです。その上、伸筋群も強いから、体全体のバネを伸ばす動きがさらに強調されて、ビヨーンというジャンプになるんです。ＮＢＡの選手が、（ゴールから４ｍ以上も離れた）フリースローラインからダンクシュートを決めたりしますよね。ああいう感じのジャンプになるんです。

それに対して、日本人はアキレス腱が短く、筋肉の割合が多いから、収縮のスピードが速くなります。しかも屈筋群が強いから、さらに収縮する動きが強調されます。だから、跳び上がる瞬間のキレはあるけど、滞空時間はあまり長くありません。ピョンと跳ぶ感じになるんです」

この筋肉やアキレス腱の長さは、適正な身長にも影響してくるという。

「背が高くなれば、筋肉やアキレス腱が長くなるから跳べるんじゃないかと思いますけど、必ずしもそうとは限りません。体が大きくなれば、体重が重くなるデメリットもあります。

黒人の場合は、アキレス腱や筋肉が長くなっても伸筋群が強いので、背の高い選手でも比較的高く跳べます。ジャンプに直結《ちょっけつ》する伸筋群が長くなれば、それだけ跳ぶ力になりますからね。走り高跳びを見ても、黒人選手は身長に関係なく跳べています。

でも、日本人の場合は、アキレス腱や筋肉が長くなるメリットよりも、体が重くなるデメリットが出てしまいます。元々屈筋群が強いので、筋肉が長くなっても、ジャンプにはあまり還元《かんげん》されません。だから、日本の走り高跳びのトップクラスの人は、１８０cm前後がほとんどです。１９０cm以上で跳べる選手は滅多《めった》にいませんね」

幸いにして、鈴木の身長は１７８cm。日本人としてジャンプ力を発揮しやすいサイズに恵まれた。

「結論として、日本人は跳び上がりのキレはあるけど、滞空時間はあまり確保できない。だから、スピードに乗った助走から、速さを高さに変換する技術が必要になってきます。もちろん、あまり強くない伸筋群の強化も欠かせないですね。

それから、シューズを選ぶ場合、日本人の特性を生かすのであれば、最低限の衝撃吸収があれば充分ですので、クッション性の低いシューズの方がいいでしょうね。パンと短く跳ぶ動作に合わせて、薄くて硬いシューズで、動きがぼやけないようにするんです。黒人選手は、エアの入ったシューズで、ビヨーンとしたジャンプをさらに強調させて跳びますけど、それは僕らには合いません。硬いシューズで、動きを引き締めた方がいいと思います」

鈴木のように、助走の速さを活かして跳ぶタイプのことを、陸上界では「スピードフロップ」という。それに対し、筋力を生かした跳躍を「パワーフロップ」という。鈴木のベースは、自分をスピードフロップと定義《ていぎ》するところから始まる。

「でもね、それだけじゃ充分ではありません。次にジャンプの種類について知っておく必要があります。大まかに分けると、ジャンプには2つの種類があるんです」

己を知った後は、競技の特性を知ることが大事になる。鈴木はジャンプの違いについて語りだした。

「ひとつは『プレス型』。垂直跳《すいちょくと》びみたいに、深くしゃがみこんでから、一気に跳び上がるジャンプのことです。深くしゃがんで、筋力に頼らないと跳べないから、太腿《ふともも》の前側（大腿四頭筋《よんとうきん》）やふくらはぎ（腓腹筋《ひふくきん》やヒラメ筋）が肥大してきます。これは日本人に多い体型ですね。

もうひとつは『リバウンド型』。片足ケンケンみたいに、着地した反動を使って跳び上がる動作です。スピードがあれば、それほど筋肉に頼る必要もないし、深くしゃがみこむ必要もありません。だから体型はすらっとした感じになります。

走り高跳びは『リバウンド型』のジャンプなので、自然とそれに合った体になってきます。海外の走り高跳びの選手で、モデルを副業《ふくぎょう》にしている人が多いのは、跳び方の質に関係があるんです。モデルを目指している人は走り高跳びをやった方がいいですよ。

それはともかく、練習で気をつけないといけないのが、リバウンド型のジャンプだけに偏《かたよ》らないこと。両方のジャンプを練習しておくことが大事です。

『自分はスピードフロップだから、速さが命だ！』と言って、リバウンド型のジャンプしかしていないと、上体が浮いてしまうんです。そうなると、高く跳べなくなる。高く跳ぶためには、一度低くならないと。人間の体は、高い所から高い所へは跳べないようになっています。だから、深くしゃがみこむプレス型のジャンプも必要なんです。

僕の場合は、緊張するとハンドボールの速攻のような走り方になるので、どうしても重心が高くなってしまいます。だから、福間先生からは『前に前に重心をかけて、低く入っていけ』と言われています」

縮まなければ、次の伸びはない――ありきたりな言葉にも聞こえるが、鈴木の口から出てくると、輝きが違ってくる。

「普段の練習では、まず、深く関節を曲げる動作から始めます。最初に深く曲げる動きを体にインプットしておけば、その後に浅い動作をしても、上体が浮いてしまうことがなくなります。しっかりと地面を踏みしめて、ジャンプに入っていけるようになります。

スピード一辺倒《いっぺんとう》になるのは、スピードフロップが一番陥《おちい》りやすい罠《わな》なんですよ」

自分のスタイルや競技の特性を踏まえつつも、あえて反対の動作を取り入れることが、技術の向上につながっていくという。一見矛盾《むじゅん》しているようにも思えるが、己を高めるというのはそういうことなのかもしれない。

「ここまでの話を総合して、今、世界で注目されている2人のハイジャンパーを較べてみると、面白いですよ」

鈴木は微笑《ほほえ》む。

彼が言う2人とは、ステファン・ホルムとドナルド・トーマス。世界の走り高跳び界

ホルムのジャンプには学ぶべきものがたくさんある（AFP＝時事）

をリードする男たちだ。

スウェーデン出身のホルムは、アテネ五輪で金メダルを獲得した白人選手。身長は181cmと、日本人とほとんど変わらない。体つきはどことなく垢抜《あかぬ》けないし、垂直跳びは60cmしか跳べないという。

これだけなら、日本人の会社員とあまり変わらないレベルだが、試合になると、2m40cmを跳ぶ。頭上59cmの記録は、非公式ながら、世界記録と言われている。

平凡な身体能力しかなかったホルムは、助走のスピードを高さに換えるテクニックで、世界の頂点に立っている。

もう1人のドナルド・トーマスはアメリカ出身の黒人選手。元々バスケットボールの選手で、走り高跳びに転向してからわずか2年足らずだが、昨年9月の世界陸上で優勝している。

抜群の身体能力を持つトーマスの豪快なジャンプ（AFP＝時事）

身長190㎝、垂直跳びは93㎝という恵まれた体を武器とするトーマスの跳び方は、走り高跳びのセオリーにことごとく反する。

助走ではあま

りスピードを出さず、バーの手前で一度、深くしゃがみこむ。両手の振りは、まるでバスケットボールを持っているかのようだ。ダンクシュートを決めるかのように跳び上がると、空中では足をバタバタさせる。テレビ中継では「空中三段跳び」などと言われていたが、他の人間が真似《まね》たら、絶対にバーを落としそうな動きである。

それでも、大阪での世界選手権では2m35cmを跳んで世界一になっている。

「もうわかりますよね。僕らはトーマスではなくて、ホルムを見習わないと。身体能力では勝負にならなくても、跳ぶ技術を高めていけば、日本人でも世界で勝てる。ホルムを見ていると、可能性を感じるんです」

では具体的に、ホルムのどこか素晴らしいのか。鈴木は、重心を低くする動作にポイントがあると考える。

「さっきも言いましたけど、高く跳ぼうと思ったら、一度、重心を下げておかないといけません。ジャンプの前の数歩で、重心を下げておく必要があります。

また、高く跳ぶためには、リズムのいい助走も必要です。助走にスピードがあれば、勢いがつきますからね。スピードフロップは特にそうです。

ところが、助走のリズムを意識すると、今度は重心が高くなってしまいます。重心を下げたいんだけど、助走のリズムやスピードも大切にしたい。２つの問題点が矛盾してきます。

そこをホルムはどう解決したのか？

ホルムは、大きく回り込むことで問題を解決しているんです。ずっと直線を走ってきて、マットに向かう手前でコーナーを回りますよね。ここがポイントです。

人間の重心は、だいたい、への辺りにあります。よほどの動きをしない限り、その位置は変わりません。でもカーブを走ろうとすると、体が内側に傾いて、自然と重心が下がります。重心を下げようと無理な動きをしなくても、斜《なな》めに走ることで体が傾いて、への位置が下がりますからね。勝手に重心も下がってくるんですよ。

だから直線的に走るのではなく、コーナーを大きく回り込むことが大事になってきます。

ここで気をつけたいのが、『重心を下げなくちゃ』という意識から、ヒザや上体を自分で折り曲げてしまうことです。本来、走り高跳びで曲げてはいけない部分を曲げると、力が逃げてしまって、跳べなくなります。跳ぶときは福間先生の言うように『一本の棒のように』なっていないと。それでなおかつ、大きく回り込んできて、重心を下げるんです」

直接、重心を下げるのではなく、他の部分に意識を置けば、結果として重心も下がってくる。この手の「結果としてこうなる」といった話を、鈴木は好む。いつも「原因は別の所にあるんですよね」と言いながら、技術の向上に取り組んでいる。

「技術は、やった分だけ、必ず高まりますから」

ホルムを目標に、研《と》ぎ澄《す》まされた技で世界に挑もうとしている。

取材をするたびに驚かされるのだが、鈴木はいつも包み隠さず、自分の技術論を披露《ひろう》してくれる。こんなに手の内を見せて大丈夫なのかと心配になるが、鈴木は一向に気にしていない。

「何をやって上手くなったとか、こういうことを意識して跳んでいるとか、上手くなるための情報は隠さずに出してほしいですね。みんな隠したがるんですよ。

僕は違いますよ。出せば、また新しく入ってくるから、言うようにしています。自分の手の内を隠すよりも、きっかけを発信することの方が大事ですから。『こういう考え方もあるんだ』と感じてもらって、それで試して効果があるなら、続けてくれればいいし、効果がないなら、捨ててもらってもいい。そういうふうにして、その人のベースができてくるんだから」

ただ勝つだけではない。それ以上の何かを発信しながら、鈴木は世界に挑んでいる。

□歩き方がすべて

「お待たせしました」

待ち合わせの場所にいると、向こうから鈴木がやってきた。いつものことだが、歩く姿が様《さま》になっている。長ズボンを履《は》いていれば、とても義足をつけているようには見えない。正しい姿勢と真っすぐな瞳からは、アスリートとしての矜持《きょうじ》が感じられる。

目的地に向かうため、鈴木の愛車に乗せてもらった。鈴木は、車の運転も難なくこなす。義足をしている右足でブレーキやアクセルを踏むが、運転はとてもスムーズだ。急発進、急ブレーキはほとんどない。もう二度と交通事故を起こしたくないので、いつも安全運転を心がけているという。

運転しながら、鈴木は言う。

「右足を切断してから、新しい回路を作る作業をしてきました。歩くにしても、自動車を運転するにしても、昔はできていたことじゃないですか。誰にでもできる単純作業です。

でも、義足をつけての歩き方はわからない。義足でブレーキを踏む感覚はわからない。ほんの1ヵ月前にはできていたのに、その回路がなくなってしまった。だから、新しい回路を作ってやらないといけない。それは僕の宿命なんですよね」

聞きようによっては、重く聞こえる話かもしれないが、鈴木はいつものようにあっさりと言う。苦労したときの話ほど素っ気《そっけ》なくなるのが、彼の性分《しょうぶん》でもある。

「初めて義足をつけたとき、右足の感覚は棒の先端みたいでしたね。松葉杖のように一点しかない。その感覚が徐々に広がっていって、今では靴ぐらいの感覚があるんですよ。しっかりと26・5㎝分あるんです。つま先の細かい部分まではないですけど、だいたい外かな、内側かな、つま先かな、踵《かかと》かなという感覚はあるんです。歩いていても『あっ、今、踵が着いた』『今はつま先が着いている』ってわかりますよ。新しい回路ができたからです」

表情に明るさが出てきた。やはり自分を高めていく作業が好きな男だ。

「右ヒザから下はなくなりましたけど、自分の体には、まだ使ってない回路がたくさんあると思うんですよ。

ハンマー投げの室伏広治《むろふしこうじ》さんも言っていたんですけど、みんながやっている練習だけでは、ある程度のところまでしか行けない。その次のステージに行くためには、新しい潜在機能《せんざいきのう》を呼び起こさないといけないと。僕もそう思います。

でも、潜在的にある物を呼び起こすには、地味な練習しかないんです。義足のリハビリと同じですよ。最初は（義足の）右足に力が入らなかった。歩幅も左右で違っていた。車のブレーキを踏むにも、最初は強すぎたり、逆に弱かったり。そういった回路を呼び起こして、必要な筋肉をつけて、今ではできるようになってきました。

『練習でやったことしか試合に出ない』って、多分そういうことだと思うんです。試合だけやっていても、新しい物は出てこない。試合の中でコツをつかむとかはあったとしても、試合中に体の機能が劇的に良くなることはない。地道に練習をして、試合で使えるための新しい回路を作っていくしかないんです。

だから、陸上は地味な練習が多くなるし、特に僕みたいに義足の人間は、もっとやることが増えてくる。でも、それは仕方ないことですし、それが一番大事なんですね」

おそらく室伏は、極限まで練習したことで、新しい回路の必要性に気づいたのだろう。

一方、鈴木は、交通事故によって、否応《いやおう》なしに新しい回路を作らざるをえなくなった。

答えにたどりついた筋道は違えども、「さらにその先」を目指す人間にとって、新しい回路は必要なのかもしれない。それは、体との対話を続けた者だけに与えられる、新たな可能性と言っていいだろう。

「これから義足をどんどん足に近づけていくためにも、ただ歩くだけじゃダメですね。今、足がどこにあるのかを常にイメージしながら、新しい回路を作っていかないと。それこそ、普段の生活からですよ。日常生活から走り高跳びのことを考えていないと伸びないと思います。歩き方もそうだし、普段の行動もそう。常に競技とリンクしていると思います」

強くなるには普段の生活から――部活の顧問などがよく口にする言葉だが、鈴木が言うと奥行《おくゆ》きが違ってくる。

「やっぱり歩き方がすべてですからね。適当に歩いている選手は強くなれないんですよ。ある部分が良くても、他が極端に悪かったり、プレーにムラがあったりする。歩くことは、生きていく上で最も数多く繰り返している行動ですよね。そこがしっかりしないと、何をやってもダメだと思います」

日常で繰り返す行動をいい加減にしていたら、その行為のたびに「自分はだらしない人間ですよ」という暗示を刷《す》り込んでいるのと同じになる。日常のひとつひとつの行動が、自分への暗示《あんじ》になる。普段の暮らしをいい加減にすごしておきながら、試合の時だけきっちりやろうとしても、体は言うことを聞かない。

「強くなるには……」という言葉の真意は、常日頃から、自分自身にいい暗示を与えておくということにあるのだろう。少なくとも、鈴木の歩き方からは、そういった前向きな意志が伝わってくる。

「街を歩いている人を見ていると、色んな物が見えてきますよ。歩き方や表情に必ず出ますからね。いい歩き方をしている人はあまりいませんけど。

僕はね、走り方の良くない女の子に幻滅《げんめつ》するんですよ。どんなに可愛くても、走り方がドタドタした、いわゆる女の子走りだとがっかりします。自分がスポーツをやっているから、余計《よけい》にそう思ってしまうんでしょうね」

他人に対してネガティブな感情を見せない鈴木だが、この時だけは少し毒《ど》づいた。ちなみに、妻の麻美は、学生時代に卓球部にいたこともあって、走り方はそんなに悪くなかったそうだ。

鈴木自身は、最近、新しい走り方に挑戦しているという。

「このところ、ヒザや腰を立て続けに痛めたのは、走り方が良くなかったのが原因でした。ある方に教えてもらったんですけど、日本人は、ほとんどの人が地面をプッシュするように走るそうです。ダンダンダンって、地面を叩くようにして走る。足を下ろす瞬間に力が入っている感覚です。

股関節を起点ににして両脚をスイングさせながら走る

でも、海外の選手は脚が長いから、脚をスイングさせないと前に行けない。ブルンブルンと、体の中心部を使ってスイングさせる。力が入るポイントは、足が着地してからになります。

２つの走り方を較べると、脚をスイングさせた方が力もいらないし、ストライドが大きくなる。何より、体への負担が少ない。

そこで、脚をスイングさせる走り方を試してみたら、感じが良かったんです。硬いアスファルトの上で走ってみても、あまり負担がかからなかった。これからが楽しみですね。

以前は地面をプッシュするように走っていたから、体が浮きやすかった。それをスイングに変えると、前に遠くに助走できるようになったんです。ストライドも広がったし、重心も下がってきました。

この差は大きいと思いますよ。僕ら日本人は脚が長くないから、脚をスイングしなくても走れてしまう。でも、それだと、力を入れた割には大きな力を出せていないんです。仮に高く跳べても、滞空時間が稼《かせ》げません。走り方をスイングに変えれば、幅のある跳躍になると思います。股関節がなんで大事なのかが、改めてわかりました」

鈴木がいつも目指しているのは、体に負担がかからない、自然な動き。究極の目標は、競技は違うが、マラソンで有名な裸足《はだし》のアベベ。衝撃《しょうげき》をダイレクトに受ける裸足でも、長時間走り続けられるということは、それだけ体に負担の少ない走りができているから、と鈴木は考える。

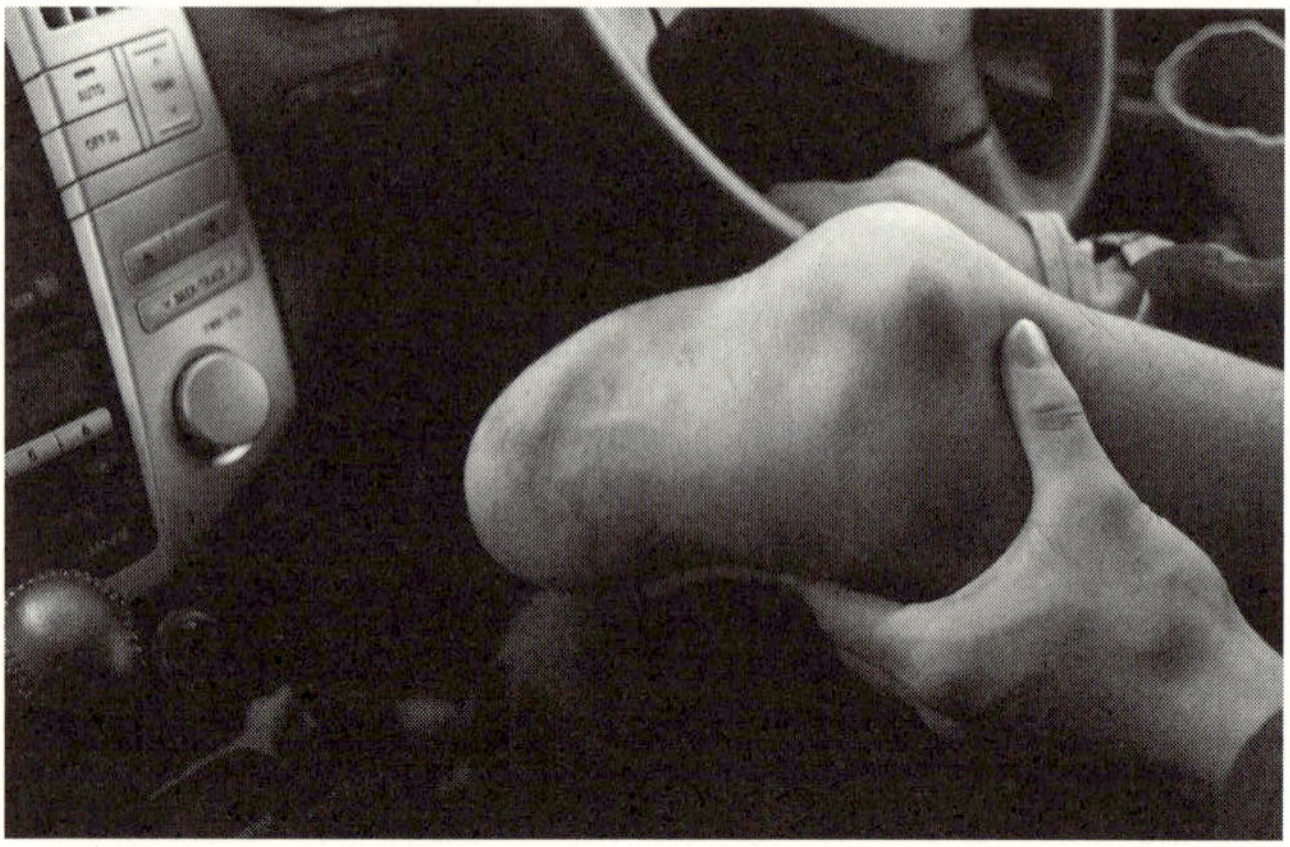

切断面をピクピクと動かすこともできる

「スイングの動きが身につけば、ストライドが広くなるので、いい意味で助走の距離も変わってくるでしょうね。

一番良くないのが、無理に助走距離を伸ばすことです。助走が長い方がカッコイイから、なんていう発想は最悪ですよね。トッププレーヤーがなぜ助走距離が長いかというと、前に進む走り方をしているから。だから結果として助走距離が伸びるだけなんです。

僕は、昔は11歩の助走で跳んでいましたけど、途中から9歩に変えました。2mを跳んだときも9歩です。コーナーの入り口からバーまでが5歩だから、みんなそこからスタートして、自分に合う歩数を探していきます。

僕は、9歩でも充分にスピードが出るから、この歩数に落ち着きました。逆に長い距離を走るほど、義足の場合、リスクが生じますからね。11歩だと、ミスをする危険性が高くなってしまいます。だったら、9歩でもいいから、しっかり助走しようと考えています」

いつしか、鈴木の運転する車は、目的地に着いていた。車を降りる前に、鈴木は義足を脱いだ。

「見てください。ここが、親指のあった場所です」

そう言って、切断面の内腿側《うちももがわ》をピクピク動かした。右足の親指はもうないが、神経だけは残っている。切断した当初は回路がなくなっていたが、意識して動かしているうちに、回路が戻ってきたという。

「これも体と対話していないとできないことですよ」

鈴木はちょっと誇らしげだった。

□ぼんやりと勝つ

鈴木と話をしていると、ときおり、視線が別の場所に移すことがある。ファミリーレストランで話していたら、向こうで騒いでいる女子学生の方に目をやったりする。こちらの話が退屈《たいくつ》だったり、不愉快《ふゆかい》なのかと思うと、そうでもないらしい。でも、100%会話に集中しているようには見えない。

不思議に思って聞いてみると、意外な答えが返ってきた。

「根詰《こんつ》めて、人の話を聞くのが苦手なんですよ。だいたい聞いて、要点を抑えるのは好きなんですけど、全部聞いているのは苦手《にがて》なんです。嫁さんにも『人の話、聞いてるの?』って言われますね。でも、実際はあまり聞いていません。入ってこないですもん。本当に必要なことなら、向こうも繰り返すだろうし、こっちも『もう一回』って言います。家では最悪なヤツなんですよ」

そう言って、鈴木は笑う。多少は冗談や誇張《こちょう》もあるだろうが、実際のところ、普段からそういう調子らしい。だが、この会話の中に、鈴木なりの、世界で勝つためのヒントが隠されている。

「集中しようとしたり、意識がピンポイントになりすぎると、僕の場合、ダメなんですよ。何かを意識すると、かえってパフォーマンスが落ちてしまう。カメラを向けられるのも苦手でしたね。以前、ドキュメンタリーの密着取材で、テレビカメラが一日中ついてきたんです。あれが苦手でした。顔のすぐ横にカメラがあるんですよ。どうしても意識してしまうんです。

ちょっと困ったから、スタッフの人に聞いてみたんです。『他の人は集中してやってましたか?』と。そうしたら『集中してましたよ。気になさらずに』って言うんです。ここが自分に欠けている部分かなと思って、それ以来、意識しないようにしました。顔の近くにカメラがあろうが、どこから撮られようが、いっさい気にしない。ぼんやりするようにしたんです。

これは試合でもあることなんですよ。障害者スポーツは報道規制が緩《ゆる》いから、カメラマンがトラックの中まで入ってきたりします。走り高跳びのマットのすぐ近くでカメラを構えていたりするんです。もちろん、いい写真を撮りたいって気持ちもわかりますけど、中には図々《ずうずう》しい人もいますからね。

でも、僕らは、そういう環境にも慣れておかないといけない。そういう中でも力を出せるようになりたい。だからぼんやりとするんです」

ピンポイントで神経を研《と》ぎ澄《す》ませるのではなく、あえてソフトフォーカスで試合をとらえる。これは、様々な環境での試合を経験した鈴木の経験則《けいけんそく》と言えるだろう。

「海外の試合では、日程が急に変更されますからね。大会の最終日だったはずの試合が、いきなり初日になったこともあったようです。会場に行ってマットが準備されていないこともありました。その日のうちでも、タイムスケジュール通りに行われないのが当たり前。だいたいが予定の時間に始まらないし、準備していたら、いきなり『明日に延期』とか言われたり……。

でも、そういう中でも力を発揮しないといけない。となると、ピンポイントで準備していたら対応できません。時間通りには始まらないんだから、いつでも跳べるように構えておいた方がいい。いかに自分のペースでやれるか、ですよ」

今でこそ笑って話せるが、そこにたどり着くまでは、鈴木も試行錯誤を繰り返している。海外の試合では、気まぐれな試合日程に適応するだけでなく、外国人の気質を知っておくことも重要になる。ストレスを貯《た》めずに、試合に挑むためにも、試合以外の部分でも対応力が求められる。日本ではマイペースで通っている鈴木だが、海外に行くと、外国人のさらに上を行くマイペースぶりに閉口《へいこう》することも多い。

「『外国人は』、とひとくくりにするのは良くないですけど、海外では『俺が、俺が』という選手が多いですね。周りのサポートがあって、自分があるのに。そういう意味では、日本の文化の方が優れていると思います」

しかし、ピークパフォーマンスという点では、逆に見習うべきところも多いと感じている。

「海外の選手は、ウォーミングアップをほとんどやらないんですよ。友達としゃべっていたり、ヘッドフォンで音楽を聴いていたり。最後にパッと走っただけで、すぐに本番に向かいます。こっちは一生懸命体をほぐしているのに、向こうは暢気《のんき》なものですよ。でも、彼等は本番に強いんです。試合終盤の勝負所で力を発揮します。ひと言で言えば、タフで勝負強い。かと言って、僕たち日本人が精神的に脆《もろ》いとは思えない。色々考えた結果、これはウォーミングアップに理由があると、僕は見ています。ピークの作り方が日本人とは違うんです。

日本人は、試合の前半から調子が出るよう、アップからかなり仕上げておきます。『試合前に、一度心拍数を上げておけ』なんて教える先生も多いですからね。でも、そうすると、ピークが早く来てしまって、肝心の勝負所で力を発揮できない。自己ベストがかかった場面では、ピークを過ぎていたりするんですよ。

海外の選手は、アップをあまりやらない分、試合の終盤に向けて調子が上がっていきます。だから最後まで力が残っている。ピークが勝負所にくるんです。

それに気づいてから、僕もあまり頑張ってアップをしなくなりました。時間をかけてピークを手前に作っても意味がありませんからね。サッと動いたら、即、試合で跳べるぐらいが理想です。

究極《きゅうきょく》の目標は動物です。動物は、寝起きにひと伸びをしただけで、すぐ全力で走りますからね。それでいて、アキレス腱を切ったりもしない。犬や猫がアキレス腱を切ったなんて、まず聞かないですからね。

もし、入念にアップをしないと走れなかったら、生存競争《せいぞんきょうそう》で生き残れませんよ。ライオンが襲《おそ》ってきているのに『すいません、今、アップをしているんで』なんて言っていられませんから。

だから、なるべくナチュラルな感じで試合に入っていくのが一番かと。ナチュラルに勝る物はありませんからね」

競技中はライバルたちのジャンプに目もくれず、ひたすら「ぼんやり」を決め込む

行き着くところは動物。本能を全開にしないと、世界の舞台では戦えない。彼の言う「ぼんやり」も、「ナチュラル」を目指すためのひとつの方法なのだろう。

確かに、海外の選手の本能的な嗅《きゅう》覚《かく》は素晴らしい。大雑把《おおざっぱ》に見えるが、試合の肝《きも》は外さない。勝負所では己をすべて出し切って戦う。

一方、日本人は、普段から周りのことを考えて行動を取る。５分前行動というのも、日本人ならではの美《び》徳《とく》と言えるだろう。対戦相手に対する敬意も忘れない。ただ、しのぎを削る勝負の世界になると、それがマイナスに働くことも多くなる。

鈴木を指導している福間に言わせると「どっちがいいかではなく、そこの使い分けが上手い選手が勝てる」ということになる。

「使い分け」と言うと、人間的に表裏があるように感じられるが、決して卑怯《ひきょう》なやり方ではない。戦うためのひとつの技術であって、福間も「鈴木は、その使い分けが上手い選手」と評価している。

「ぼんやり」と「ナチュラル」の他にもうひとつ、鈴木にとって大事なアプローチがある。それは「他人の跳躍を絶対に見ない」ことだ。

鈴木は過去に、必要以上に他の選手が気になって、自滅することが多かった。跳んだ選手を見れば「コイツは強そうだ」と思い、失敗した選手を見たら「自分もああなるかもしれない」と不安に怯《おび》えた。他人の跳躍ばかりを見て、自分のやるべきことがおろそかになっていた。その結果は言うまでもない。

今は、電光掲示板で試合の流れを確認する程度で、試合中はいっさい、他の選手の跳躍を見ないようにしている。「視覚からの情報は影響が大きいから」と、視線を他にやるように心がけている。

「これは試合に集中するための画期的な方法ですよ！」

鈴木は力説する。

余談になるが、鈴木は試合の前には音楽を聴《き》かない。ロック系の音楽を聴いてテンションを上げる選手もいる中、鈴木は「音楽を聴くと、助走のリズムが崩れそうな気がするから」と言っている。

ともかく、本能を全開にして、五感をフルに研ぎ澄ませながら、それでいてぼんやりと、鈴木は勝負の瞬間を待つ。どんな状況でも力が出せるように、自然体で構えている。

「無心とか無の境地って、視野を狭くして集中することじゃないですよね。ぼんやりとした感じですかね。

試合前に頭で考えるのはいいですよ。でも、始まったら、スッと目の前の試合に入っていく。頭で「どうやって跳ぼう」とか考えないで、あとは反射だけ。それが無心なんでしょうね。

いいジャンプができたときって、意外と覚えていないんです。ビデオを見て、後から思い出す感じです。プロゴルファーがインタビューで『思い出せない』って言うのも、無心になっていたからじゃないですか。インタビュアーからすると困るでしょうけど、僕らからすると『あり』なのかなぁ」

◇

「ぼんやり」は世界で勝つために有効な手立てであり、鈴木にとって得意とするところだ。しかし、彼はたまにぼんやりしすぎるときがある。

鈴木の唯一にして最大の欠点は、時間にルーズなこと。右足を切断してから、悟《さと》りを開いたかのような発言が増えた鈴木だが、この癖だけはどうにも直らない。集合時間にはたいがい遅れてやってくる。待ち合わせの時間を決めるときも「だいたい○時で」という言い方をしてくる。きっちりと決められるのは苦手らしい。

「高校のころから、家を出るのがギリギリでした。その分、メンタルが鍛えられるんですよ。間に合った瞬間、気持ち良かったりするんです。

それに、海外の試合では、集合時間前にくる選手は少なく、世界チャンピオンですら名前を呼ばれて、ノコノコ来ますからね。だから、僕もその流れでいいのかなと…」

時間にルーズな利点を強調するが、さすがにこれはちょっと苦しい。

鈴木のこの欠点を、妻の麻美はどう見ているのだろうか。それとなく話を振ったところ、麻美は我が意を得たりといった表情で話しだした。

「そうですよね。やっぱり時間にルーズですよね。そうなんです。あれは良くないと思います。一緒に暮らしているんだから、そのあたりはお互いに気を遣いながらやっていかないと……。

彼って、焦ることがないんですよ。足を切ったからとかじゃなくて、どうも昔からそうみたいです。時間が差し迫っても、焦らないんです。何をどう考えているのか、私にもわからないんですよ」

ひとつぐらいは欠点がないと、聖人君子《せいじんくんし》ではあまりにも面白くない。鈴木徹も人の子である。

□あえて環境を悪くしてみる

鈴木は2006年から、故郷の山梨県で活動している。それまでは、研究生としての1年も含めて、計6年間、茨城県にある筑波大学のグラウンドで練習していた。全天候型のゴムチップを敷《し》き詰めた陸上競技場にウエイトトレーニングの施設と、環境は最高だった。この素晴らしい環境を求めて、毎年多くの高校生が筑波大学を目指してくる。

スポーツの世界には「良い環境が良い選手を作る」という常識がある。鈴木も以前は、その言葉を信じて疑わなかった。

しかし、地元の山梨で練習するようになってから、鈴木の考えは変わった。

「日本は環境が良すぎるんですよ。世界でもトップクラスの環境だから、かえって対応力が落ちてしまうんです。

海外の試合会場は酷《ひど》いですよ。遠目には平らに見えても、走り高跳びのピットがデコボコだったり、ちょっと坂になっていたり。あまり大きくない会場では、スタート地点が芝生からだったりしますからね。日本では考えられませんよ。

でも、そういう環境でも、力を出していかないといけない。日本のような恵まれた環境で試合をやることは、僕の場合、まずありえません。整った環境で力を伸ばすのもいいでしょうけど、色んな環境に適応していくことの方が、僕には大事になってきます」

それに気づいてからは、意識的に環境を悪くしてみるようになった。砂のグラウンドで練習してみたり、公園の芝生の上でやってみたりもする。コンクリートやアスファルトで試してみたこともあった。

「スパイクを履いて、いい競技場でやれば、そこそこ弾《はず》んでしまうんですよね。それはスパイクと競技場のおかげです。自分の動きがいいから弾んでいるのではありません。

同じ動きをしても、芝生の上では足を持って行かれたり、砂の上だったら足が流れたりします。そういった場合の体の使い方を覚えておくと、バランス感覚も養われますし、試合の環境が良くなくても『いつもの練習と同じ』と思えるゆとりが生まれます。特に義足はバランスを崩しやすいので、バランス感覚、調整機能を高めておくことが大切ですね。

オールウェザーのグラウンドは気持ちいいんですよ。でも、砂の上とかは、あまり気持ち良くありません。だけど、そういった環境でも弾むのならば、技術的に間違いない。

日本のサッカーの選手は、アウェイの試合でよく転びますよね。芝生がめくれている所に足を引っ掛けて。あれは、申し訳ないけど、準備が足りないんじゃないかと思うんです。小さなころからサッカー用のスパイクを履いて、整備された芝の上で、なんてやっているから。そういう悪い環境に対する経験が極端に少ないんです。

ブラジルは靴下を丸めてボールにしたり、裸足でプレーしたりしていますからね。適応力という点では勝負にならないと思います。

最近特に思うんですけど、世間から『いい』と言われる環境は、実は一番悪いんじゃないかと。そんな気がしますね。だから、置かれた環境をどうこう言う前に、ある物を最大限に活用する。別にグラウンドや体育館に行かなくても、練習はどこでもできますから」

環境が悪くなったことを逆手《さかて》にとって、鈴木は競技力を高めている。「やったことのある感覚は、体のどこかにある」という信念の下《もと》、違った環境でのトレーニングを楽しんでいるようでもある。

あえて環境を悪くすることで対応力が向上する

「ある物を最大限に活用する」という発想は、冬場の体力トレーニングにも生きてくる。鈴木は、身近な自然を使った練習方法を取り入れている。

「映画の『ロッキー』で、シルベスタ・スタローンがやっていた練習はいいですよね。山道を走ったり、丸太をかついでスクワットしたり。さすがに同じトレーニングはできませんけど、僕は近所の坂道をダッシュしたり、石を投げたりしています。

普段、僕たちが使っている器具はトレーニング用だから、扱い方が簡単なんですよ。誰でも安全に使えるようになっている。だけど、自然の物は扱いが難しいんです。形もいびつだし、上手く扱わないと、ケガしてしまいますからね。

それでも、ケガをするリスク以上に、僕の中ではメリットがあります。自然の物を使うと、体の使い方が身につけられるんです。

たとえば、普段使っているメディシンボールは握りやすくできていますけど、石はどこを持つかで、まず考えますよね。しかも、形がアンバランスだから、力任せ《ちからまか》せに投げても、遠くに飛びません。自然と、力を入れるポイントを考えるようになってきます。

この試行錯誤がいいんですよ。突き詰めれば、運動の三大要素と言われる、走る・跳ぶ・投げるの動作で、力を入れるポイントは全部同じです。だから、石を投げる中にも、走り高跳びで力を出すためのヒントが隠れています。これは、力任せの筋力トレーニングにはないメリットですね」

ナチュラルな動きを目指している鈴木にとって、自然は宝の山だ。そして自然に触れることで、自然を上手に活用してきた先達《せんだつ》に尊敬の念を抱くという。

硬い道を走ることでアキレス腱が締まってくる

「今は何でもコンピューターで物を作ってしまいますけど、昔は、自然を利用して、暮らしに役立つ物を作っていたんですよね。昔の人たちのクリエイティブさには驚かされます。

このあいだ、ワラジを買ったんですよ。履いてみてわかったんですけど、正しい走り方をしないと、足が痛むんです。地面を叩くように走ったら、とてもじゃないけど走れない。でも、股関節からスイングして走れば、ワラジでも気持ちよく走れました。正しい動きができているかどうか、ワラジが教えてくれたんです。

自然を使った物って、よくできていますね」

また一方で、自然と正反対の物にもメリットがあるという。

「硬い所で走るのも、利点があるんですよ。地面が硬いから、アキレス腱が締まってくる。日本人の跳べる選手は、アキレス腱が硬いバネみたいになっていますから、腱を締めることで動きがぶれなくなって、より高く跳べるようになるんです。今日、グラウンドじゃなくて道路を走ったのも、そういう理由です。

これは福間先生の仮説《かせつ》ですけど、ジャンプ力のある選手は、意外と都心部から生まれて来やすいみたいですね。都会の学校はグラウンドが硬いし、遊ぶところはコンクリートが多いから、自然と腱も硬く締まってくる。

僕もアキレス腱が硬いバネになっているタイプなんですよ。田舎育《いなかそだ》ちなんですけど。福間先生が言うには「お前は毎日、硬い土グラウンドでハンドボールをやっていたから」らしいです。そんな環境でやっていたから、自然と腱が締まってきたみたいです」

福間に言わせると、鈴木がハンドボールをやっていたのは「走り高跳びをやるための助走期間であり、彼の運命の一部だった」ということらしい。もし鈴木がハンドボールをやっていなかったら、自慢の硬くて反発力のあるバネは得られなかっただろう。

こうして、一見、効率が悪そうだったり、無駄にも思えるような練習を繰り返しながら、鈴木は少しずつベースアップしている。必要な物だけ効率よくという考えだけでは、土台が大きくならないことを、鈴木は競技生活の中で学んできた。

「無駄なトレーニングも大切ですよ。必要なことだけやっても、意外と伸びがないんです。

07年のシーズンがそうでした。走り高跳びのトレーニングだけをやっていたら、体の調子もいいし、踏み切りのタイミングも合っているのに、体が浮かなくなりました。何だか体がひと回り小さくなったような気がしたんです。

本当なら、オフシーズンに無駄な筋肉もつけておいてから、試合に向けて余分な筋肉を削《そ》ぎ落としていくのが理想です。でも、去年の僕は、走り高跳びに必要な筋肉だけをつけていたから、試合期になると、必要なはずの筋肉まで落ちてしまって、スケールダウンしてしまったんです。

だから、調子がいいはずなのに、筋肉が弾まなかった。去年1年間で2mを越えられなかったのは、無駄なトレーニングをやらなかったからです。

だから、オフシーズンには、余分な筋肉がついて、動きが多少鈍くなってもいいのかなと思うようになりました。シーズンを通して跳んでいけば、黙っていても、必要な筋肉は残ってきますし」

何事もそうだが、余分な物は削れるけども、ない物は削りようがないし、付け足しにくい。芸事《げいごと》でも、まずは極端にやってみて、そこから手を加えて、程よい形に収めていく。その極端に相当するのが、スポーツの場合、無駄な筋肉なのだろう。

無駄なトレーニングの例として、鈴木は専門外の運動を挙《あ》げている。

「他の競技をやるのは、とてもいいんです。自分が普段やっている『専門競技』に対して『一般競技』って言うんですけど、一般競技を楽しむことで、心身の疲労を回復できるし、体のベースアップも図れます。僕で言えば、ハンドボールやバスケットボールですかね。

ただ単にハンドボールをやりたいだけの口実《こうじつ》ではありませんよ。走り高跳びとハンドボールでは接地時間が違うから、ジャンプの幅を広げられるメリットもあるんです。自分のベストのタイミング以外でもある程度跳べる感覚を持っておけば、試合への対応力が違ってきますからね」

始めから絞り込むだけでは、大きくなれない。土台を広げては絞り込んでの繰り返しが対応力となって、どんな場面にも動じない自分を作ってくれる。そこまでを踏まえた上で、鈴木は「人生に無駄はない」と言い切る。

シンプルでありきたりな言葉の裏には、無駄を無駄で終わらせなかった繊細《せんさい》な感覚が潜《ひそ》んでいる。

□振り子の原理

スポーツは矛盾《むじゅん》に満ちている。

たとえば、サッカーやバスケットボール、ハンドボールなどで、攻撃のリズムが悪かったとする。一生懸命走る割には得点に結びつかない時間帯が続いていると、監督から「ゆっくり攻めろ」という指示が出る。いったん落ち着いて、攻撃を組み立て直すことで、きっかけをつかもうという狙いだ。

しかし、選手がゆっくり攻めようとした瞬間、相手のディフェンスに穴が見つかった。その瞬間、監督は「今だ。早く攻めろ！」と大声を張り上げる。

「ゆっくり攻めろ」と言っておきながら、その舌の根も乾かぬうちに「早く攻めろ」と言う。理屈で考えたら、明らかに矛盾している。だが、スポーツの世界では、それが正解でもある。「先生、矛盾してます！」と言っているようでは、目の前の敵を倒せない。ゆっくりと理詰《りづ》めで試合を組み立てる一方で、目の前が空いたら、本能全開でゴールを狙っていかないといけない。

球技を例に出してしまったが、本質は陸上競技でも変わらない。とことんまで理詰めに技術を高めておいて、試合になれば、理屈を超越した集中力で、目の前のバーをクリアする。一見矛盾したことでも、腹に落とし込んで両立させる感覚がなければ、勝負の世界では通用しない。

鈴木に対する福間の指導は、上辺《うわべ》だけで判断すると、かなり矛盾しているようにも聞こえる。技術的なポイントをひとつ「これだけを徹底して意識しろ」と言ったかと思うと、「何も意識せず、自然な動きでやれ」と言ったりもする。だが、鈴木は戸惑う様子もない。福間の言う通り、素直に取り組んでいる。

「福間先生は、両極端というか、まったく逆のことを言うんですよ。平気で正反対のことを言ったりもします。でも、僕は矛盾しているとは思いません。

福間先生は『振り子の原理』って言っているんですけど、こっちとこっちに両極端があって、その真ん中にいれば、最高のパフォーマンスが出せるとします。でも、最初から真ん中に居ようとしても、人間はなかなかそうはいかない。真ん中付近をちょこちょこと動いていれば、試合の当日は、狙っていた真ん中部分にピタッとはまる確率も高くなる。それこそ100の力ではなくて、120や130の力が出る。最高のパフォーマンスには、偶然《ぐうぜん》の要素もあるってことじゃないですかね」

両極端を知っていれば、自分の今いる位置も測りやすい。最初から真ん中だけを狙おうとすると、返って誤差が生じやすい。自分では真ん中にいたつもりが、実際はかなりのずれがあったりする。

人間の体も、最初からカチッと固めてしまうと、返ってバランスが崩れてしまう。最初は大きく揺れながら、徐々に振り幅を小さくしていくことで、自然体に近づいていく。すべての筋肉に均等に力が入った、負担のない形にたどり着ける。それと同じ理屈かも知れない。

より具体的に、走り高跳びの場合はどうなのだろうか。

「まず、自分のベースとなる踏み切りのタイミングを体に覚え込ませます。これが原点です。でも、自分の理想のタイミングだけにこだわりすぎないのが肝心《かんじん》です。自分の許容範囲《きょようはんい》の中で、他にも跳べるタイミングを作っておくんです。そうすると、ピンポイントで照準を合わせたときよりも、タイミングの幅が広がってきます。だから、仮に自分のベストのタイミングで跳べなくても、対応できます。

以前お話ししましたけど、走り高跳びはリバウンド型のジャンプです。踏み切り足の接地時間が短い、早いタイミングの跳び方です。

最初、僕にはハンドボールで身につけたプレス型のジャンプのタイミングしかなかった。接地時間が長めの、比較的遅いタイミングの跳び方です。

それが、走り高跳びをやることで、跳べるタイミングが増えました。ここでも跳べるし、こっちでも跳べる。ベースはもちろん走り高跳びのタイミングだけど、ハンドボールのタイミングでも跳べるから助かっています。

人間、疲労がたまってくると、体が鈍ってくるんですね。タイミング良く踏み切ったつもりでも、筋肉が疲れていたら、足の上がりが遅くなります。そういう場合に、遅いタイミングのジャンプを練習からやっていれば、対応も可能になります。もし、早いタイミングのジャンプばかりを追及していたら、対応できなくなりますし、当然、記録も出ません。

自分のベストの跳躍もありますけど、跳べるタイミングの幅が多いほど、試合で勝てる確率も高くなってきます。ベストを目指してはいるんだけど、いつものタイミングで跳べそうもない日もあるんですよ。そういうときに自然と対応できるんです。

福間先生がいつも言うのは「針の穴を通すようなタイミングしか持っていないと、そこでしか結果が出ない」。針の穴が広いほど、何パターンでも勝負できますから。幅を広げすぎたらダメですけど、自分の中で許容範囲を作っておけばいいんじゃないですか。許容範囲をある程度広げて、それぞれの質を高めていけばいいと思います」

最初からベストだけを目指すのではなく、ベストの周辺の質を高めておいて、なおかつベストを目指しておけば、可能性も高まる。振り子が真ん中あたりで揺れ動くように、その周辺にいれば何とかなるし、上手くすればピタッと嚙《か》み合う確率も高くなる。

「もちろん、僕も人間だから、いつも真ん中周辺にいられるとは限りません。時には極端にどっちかに行ってしまう場合もあります。そこをまた真ん中周辺に戻すのが、指導者の役目でもあるんですね。主観と客観のずれをいかに少なくしていくかが、選手とコーチの関係です。

僕は福間先生に歩き方をチェックしてもらうんです。自分では普通に歩いているつもりでも、右肩が下がっていたりします。義足の方にどうしても力が入ってしまいますから。ヒザが曲がりすぎていたり、猫背《ねこぜ》になっていたりもするので、チェックしてもらっています。

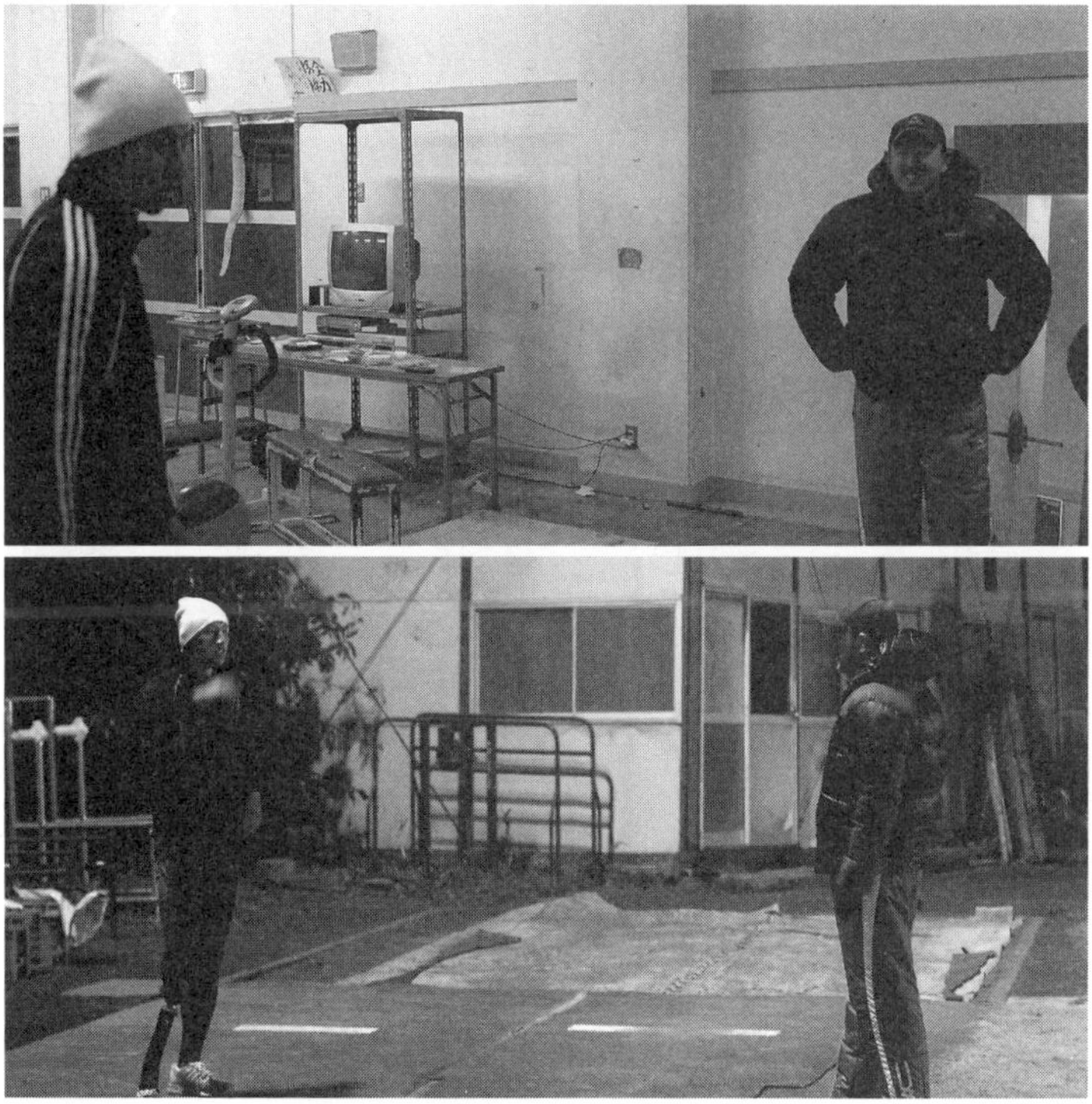

福間から学んだ理論は世界一だと確信している

たまに自分の跳躍をビデオに録《と》って、あとで先生に見てもらうこともあります。自分で見直しても、あまり効果はないんですよ。自分ではいいと思い込んでいるから。

一番良くないのは、動きだけを理想の形に近づけて、感覚をおろそかにしてしまうことです。憧れの選手の動きを形だけ真似していると、返ってパフォーマンスが落ちてしまう危険性があります。パフォーマンスを良くすることで、結果として形も整ってくるのが本来の姿ですから。

だから客観的に見てもらう必要があるんです」

土台を広げて絞り込むのだが、選手が間違った方向に広がらないように、チェックするのがコーチの役目。どこまで広げていいのかの基準が、振り子の原理で言う許容範囲になるのだろう。

その線引きができる指導者が、日本にはあまりいない。極端に小さな枠に選手を追い込んだり、逆に「自主性を重んじる」という大義名分《たいぎめいぶん》の下、選手が際限なく道から外れていくのを放置したりする。

福間の指導法は、一見矛盾しているようにも見えるが、許容範囲の線引きが明確にできている。だから、矛盾を超越した真実にたどり着いているし、鈴木も腹に落として実践できている。

「福間先生の理論が世界一であることを証明したいんです。そのためにも、パラリンピックで結果を出したい。言葉は悪いですけど、僕もある意味で、福間先生の理論の実験台ですから。

でも、僕がもっと結果を出せば、世界は放っておかないと思いますよ。義足の日本人が2m10cmも跳んだら、誰もがそのノウハウに注目するでしょうからね」

結果を残すことが最大の恩返し。矛盾を超越した力で、鈴木は北京に挑む。

□プロって何だろう？

鈴木徹はプロの陸上選手だ。これまで、日本の障害者スポーツでは、車椅子のプロ選手はいたが、義足のプロ選手は鈴木が初めてである。

小さなころから、プロスポーツ選手が憧れだった。高い給料をもらって、高級車を乗り回す、そんなイメージにも憧れたが、それ以上に、生活の真ん中にスポーツを置く生き方に心惹《こころひ》かれていた。自分が最も輝ける場所で、どれだけ自分を伸ばしていけるかに挑戦してみたかった。

だから、筑波大学を卒業してからも、プロとして競技を続けたいと熱望していた。卒業した翌年は、アテネパラリンピックを直前に控えていたこともあり、研究生として筑波に残った。生活費等は後援会に支えてもらう形だった。講演に行った先の学校関係者らが集まって、「少しでも鈴木君が競技に専念できるように」と、バックアップ体制を作っていた。

もちろん、後援会に甘えるだけでなく、鈴木も積極的にスポンサー探しを行っている。会社の四季報《しきほう》を片手に興味が湧《わ》いた企業をリストアップして、自分に関する資料を送らせてもらうように次々とアプローチをかけた。練習前、会社に電話なり、メールするのが日課だった。その数は100社以上にのぼった。その中から、返事があった企業にプロとして活動したいという思いを綴《つづ》った手紙と履歴書《りれきしょ》、自分が取り上げられたドキュメンタリー番組のビデオや新聞の切抜きを添えて送った。

セールスポイントは「日本初の義足のプロ選手」。日本には車椅子《くるまいす》のプロ選手は多い。車椅子の技術も発達している。しかし、義足のプロ選手はいない。パラリンピック陸上での義足のメダリストも、日本にはまだ存在しない。「だったら、僕がパイオニアになる!」との意気込みで、自分で自分を商品として売り込んだ。

金銭面での執着《しゅうちゃく》はほとんどなかった。最低限、生活が出来て、国際大会にも行ければ、それでいい。まずは、自分で自分をどこまで高めていけるかに興味があった。自分で世界記録を作りたかった。世界一になってみたかった。いずれは健常者と対等に戦えるレベルにまで自分を高めたかった。そのためには、フルタイムで競技に打ち込める環境が必要だった。

また、自分がプロとして活動することで、他の義足の人たちにとっての可能性が広がれば、という思いもあった。義足というだけで塞《ふさ》ぎ込んでいる人たちに「リハビリの延長線上に競技スポーツがある」ということも伝えたかった。それが、義足になった人たちが生きていく上で心の支えになるだろうし、さらには、後に続く、第二、第三の義足のアスリートが生まれるかもしれない。

そういった流れが、障害者を取り巻く環境を変えて、健常者との垣根《かきね》を取り払うことにもつながってくる。「バリアフリー」を声高《こわだか》に叫ぶ前に、自分がやりたいことをやることで、変えていける物があるのではないか？

「義足の可能性を伝えたい」という鈴木のシンプルな言葉には、思いが詰まっている。ひょっとすると、我々の考える以上の思いがあるのかもしれない。

世の多くのアスリートたちは、自分たちの行動が、どういった流れを生み出すかを知らずに、ただ安直《あんちょく》に「感動を与えたい」といった類《たぐ》いの言葉を使う。自分が競技にしがみつきたいだけなのに、「恩返しをしたい」と言って強引に指導者の座を得ようとする。

「スポーツマンは礼儀が大事」と言いながら、その実態は「コネが大事」という大人の理屈だったりもする。

物事の順番を間違えているスポーツ関係者の話は枚挙《まいきょ》に暇《いとま》がない。しかし、鈴木の考え方はシンプルで、筋が通っている。

まず、自分がやりたいからやる。その結果として、自分も周りも幸せになれば、おのずと長続きする。自分を常に本物として提供できるようにしておけば、そのサイクルは絶対に崩れない。

そんな鈴木の信念が通じたか、興味を示した企業がいくつかあった。メールでやりとりしたり、実際に会って話した企業は数社。１００社以上にアプローチをかけての結果だから、確率はあまり良くない。それでも、話を聞いてもらえるだけでありがたかった。

最終的にスポンサーとなったのは3社。メインスポンサーには、ＩＴ関連の企業がついた。その他、アディダス・ジャパンからウェア等のサポートがあり、大塚ベバレジからは飲料水等の提供があった。

大学を卒業してから2年目で、鈴木徹はプロ選手になるという夢を叶《かな》えた。これまで支えてくれた後援会には「スポンサーもついて、もうこれ以上お金をいただくのは心苦しいので」と伝えて、会を閉めている。

05年からの2年間は、ＩＴ関連企業のサポートのおかげで、競技に専念できた。おかげで、国際大会で初めてメダルも獲れて、念願だった２ｍジャンパーの仲間入りも果たせた。プロとしての鈴木の活動は軌道に乗ったかに見えた。

だが、07年の初めに、ＩＴ関連企業が経営不振を理由にスポンサーを撤退してから、風向きが変わってきた。「スポンサーには感謝している。恨む気持ちなんて一切ない」と鈴木は言うが、現実的にメインスポンサーが降りたのは大きな痛手である。講演のギャラだけで、すべての費用をまかなうことになった。

大学を卒業するまで、鈴木は陸上界に漠然《ばくぜん》としたイメージを持っていた。プロになれば、スポンサーもついてくるし、大きな大会で勝てば、賞金ももらえるのではないか、といった幻想《げんそう》もあった。しかし、実際はそうでもなかった。

96年に女子マラソンの有森裕子《ありもりゆうこ》がプロ宣言をするまでは、日本の陸上界にプロは存在していない。有森の独立後は、以前よりも緩和《かんわ》されてきたとはいえ、やはりプロとして生きられるのは限られた有名選手だけ。女子マラソンのように知名度の高い競技以外は、採算面でも割が合わないことが多い。実業団で社員として競技を続けられる選手もごく一握り。アルバイトを掛け持ちしながら、国際大会に挑む選手も少なくない。鈴木の親友で、走り高跳びの日本記録保持者の醍醐直幸も、アルバイトで生計を立てていた時期がある。

また、アマチュアリズムが色濃く残る影響もあり、健常者の大会では、試合用のウェアに入れられるスポンサー名は1社だけに限られている。

健常者の大会ですらそうだから、障害者の大会となると、賞金などはまず期待できない。ウェアに入れていいロゴの数には制限はないものの、強化の補助金等はないのが現状だ。海外遠征に行けば行くほど、持ち出しが多くなる。招待選手として声がかかることの多い鈴木だが、実際のところは「赤字が増えるばかり」だった。

ある意味、これまでの2年間、スポンサーがついていたこと自体が奇跡に近かった。だから「今もスポンサーだったIT関連企業には感謝している」との言葉に嘘《うそ》はない。

滑り出しが順調だっただけに、鈴木の中にも迷いが生じた。

いくつかの実業団にアプローチをかけたこともある。話に応じようとしてくれたチームもあった。しかし、プロとしてのこだわりが、鈴木の決断を鈍らせる。所属やスポンサーが決まらないまま、07年のシーズンに突入してしまった。

自分1人なら何とでもなる。だが、今は妻子がいる。07年の3月には長男の勇悟《ゆうご》が生まれた。妻の麻美が再び看護師として働き出したが、頼ってばかりもいられない。鈴木はアルバイトを始めた。

週5日、夕方の3時間を働いて報酬《ほうしゅう》を得る。一緒に働く人たちも、応援してくれるようになった。社会勉強としても悪くはなかったが、鈴木は徐々に疑問を感じるようになる。

報酬は「時給いくら」で支払われた。どんなにたくさん作業をしても、逆に少なくても、値段は変わらない。鈴木はせっせと作業して、自分の受け持ちの仕事を1時間半ほどで終わらせてしまう。ところが、そこで早めに切り上げると、時給は1時間半だけしかもらえない。だらだらと3時間かけて作業をした方が、バイト代は多くなる。これでは正直者が馬鹿を見る。不可解な話だと、鈴木は感じていた。

鈴木は上司に疑問をぶつける。しかし、上司の返事はあっさりとした物だった。

「じゃあ、お前、3時間座っていればいいじゃないか。作業をやっていない間は、別に休憩していてもいいんだし」

その答えに、鈴木は失望した。

鈴木も、最初はゆっくりと3時間かけて働いていた。だが、そうすると、かえって疲れてしまう。自分のリズムではないから、必要以上に体がくたびれる。何よりも、さぼりながらお金をもらっているような気がするので、精神衛生上《せいしんえいせいじょう》よろしくない。直接、競技とは関係ないかもしれないが、こういう時間を過していると、自分がダメになって行くような気がした。

練習でも仕事でも、鈴木は「やった分だけ返ってくる」サイクルを好む。残念ながら、アルバイトにそれを求めるのは無理な話だった。頭ではわかってはいるものの、言わずにいられないのが鈴木徹の性格でもある。

アルバイトを辞めたいと思ったのは、拘束期間《こうそくきかん》にも理由があった。3時間ずつとはいえ、週5日も拘束されると、行動が制限されてしまう。横須賀に行って福間の指導を受けたり、治療を受けるためには、丸一日フリーになる日がもっとほしい。ここに取材や講演などを入れると、身動きが取れなくなる。わがままで休みたいのではない。競技に集中する1日がないのが辛いのだ。

3日働いて、残りの4日で陸上をするパターンも考えたが、そうなると、何のためにプロでやっているのかがわからなくなってきた。これなら、契約社員で陸上を続けている方が、よっぽど練習にも専念できる。聞いた話では、仕事の代わりに、毎月結果報告を出すだけでいいチームもあるという。プロである鈴木は、年に一度、スポンサーに結果報告に行くのだが、それが月に一度になるだけではないか。プロの定義すら、わからなくなってきた。

野球やサッカーならば、プロ球団に所属した時点でプロとして認められるからわかりやすい。陸上の場合は、定義が曖昧《あいまい》だ。有森裕子のように完全に独立する場合もあれば、室伏広治のようにミズノに所属しながらプロ宣言をして、他社のコマーシャルにも出演している選手もいる。一方で、海外のプロ選手よりも恵まれた環境にいる社員選手もいたりする。

鈴木は悩む。

「健常者の大会なら、多くの人たちがテレビで見て、観客もいて、感動を分かち合えたりします。でも、僕らのような障害者の大会では、そこまでじゃありませんしね。プロと言っても、立場は微妙だし、流れが見えないし……」

ある企業にスポンサーの話を持って行ったら「ボランティアみたいな活動でしょ」と軽く一蹴《いっしゅう》された。その会社には、片腕を切断した社員がいて、パラリンピックを目指しているのだという。

話をしているうちに、鈴木の中に怒りが込み上げてきた。パラリンピックを目指すだけなら、自分だってとっくに定職《ていしょく》に就《つ》いているだろう。しかし、パラリンピックでメダルとなると、片手間では追いつかない。目指す所にとてつもなく大きな差があるのだが、世間からすると同じ扱いになってしまう。改めて、障害者スポーツに対する世間の認識を思い知らされた。

時を前後して、鈴木はアディダス・ジャパンとのスポンサー契約を自ら打ち切っている。アディダスに対する不満はなかった。ただ、自分の中に芽生《めば》えていた甘えに気づいたからだ。

「ウェアをもらうと、つい、調子に乗ってしまうんですよね。1～2回しか着ていないのに、次のシーズンになったら、また新しいウェアが届く。『物や道具を大切にしたい』っていう自分の考えとかけ離れてしまうんです」

スポンサーの側とすれば、選手は広告塔でもある。だから年2回、シーズンが変わるたびに新作モデルを着てもらいたい。だが、鈴木は物を大事にしたがる性分《しょうぶん》だ。物や道具を大切にしないと強くなれないとも信じている。物品提供はありがたいのだが、自分の流儀《りゅうぎ》に反する部分もあった。

「それに、シューズに関しては妥協《だきょう》せずに、いい物を履いて勝負したかったのもあります。いただいた物で我慢するのではなくて、自腹《じばら》を切ってでも、納得のいくシューズで跳びたかったんです」

今年に入って、鈴木は左ヒザを痛めている。あちこちの病院で見てもらっても、原因は明らかにならない。ナーバスになった鈴木は、痛みの原因をシューズにあると考え、アディダスの担当者とも話し合った。しかし、意見が食い違い、鈴木は「自腹を切ってでも……」との言葉を口にしてしまった。アディダス側は「もう一度、冷静になって考えてみて」と言われたが、鈴木としては、一度言ってしまった手前、引くに引けなくなった。元々大好きなブランドで、ずっとサポートしてもらった恩もあるが、社会人として、言ったからには責任がある。

「喧嘩《けんか》別《わか》れではないんです。あのときはシューズに逃げ道を求めてしまった」と自分を責める鈴木だが、結局、自前で他社のシューズを履くことにした。と同時に、アディダスとのスポンサー契約も終了した。

こうして、自分に厳しくなればなるほど、金銭的には苦しくなってくる。

「今は、全部自分でやっていると断言できますからね。ミネラルウォーターだけはいただいていますけど、金銭面は全部自分でやりくりしています。結果をどうこう言われようとも、全部自分の責任でやっていますし」

人からは「3億円もらっているプロ選手よりも、よっぽど鈴木君の方がプロらしいね」とも言われる。ただ、生活の基盤がなければ、やがて行き詰るのは目に見えている。

「家族がいるから、色々考えますよ。でも、家族のせいだとは思わないです。生活の基盤をどうするかということです。

最近は、別にそこまで意地を張らなくてもいいのかな、とも思うんです。僕を応援してくれて、支援をしてくれるんだったら、どのような形でもいいのではないかと。今後、大学院に行くとしても、会社からの出向や研修扱いにしてもらえれば、自分としても助かりますしね。いつまでも学生をしていられませんから。

そう考えると、どこかのチームに所属した方がいいのかなぁ」

プロの義足アスリート第一号として、吐いたツバは飲まない覚悟でやってきた。しかし、生活の真ん中に走り高跳びを置くという、本来の目的から外れてしまったら、プロの看板も意味がなくなる。結果が出なければ「プロなのに、何やってるんだ」と言われるだけだ。

今、自分がやるべきことは、北京パラリンピックで結果を残すこと。そのために必要な物が手に入り、お互いにメリットがあれば、それでいいのではないか……。

鈴木は、少し意固地《いこじ》になっていた自分を反省した。

それからしばらくして、とある雑誌の対談で、鈴木はプロの定義について、こう語っている。

「障害者スポーツがリハビリやボランティアとしか見られないのは、今の段階では当然ですかね。まだ、本当のアスリートが少ないから。でも、周りがどう見るかよりも、やっている当人が、プロフェッショナル的な考えとか行動を示していければいいのかな。初めのうちは、なかなか浸透しないでしょうけど、ちょっとずつ周りが認めてくれるようになったら、変わっていくのかな。障害者スポーツには、元々そういったプロの基盤がないんで、自分たちでこれから作っていかないといけない」

この先、鈴木が新たにスポンサーと契約するか、それとも実業団チームに所属するかはわからない。ただひとつ言えることは、今後、どんな環境を選ぼうとも、鈴木の考えや行動はプロそのもの。その一点においてぶれることはないだろう。

鈴木の競技用義足を作り続けてきた臼井二美男は、鈴木のプロ意識について、こう述べている。

「鈴木君の一番の魅力は、アスリートとしての覚悟。彼がプロ宣言をしたときには、私も驚きました。『そんなのでやって行けるのかな』『就職した方がいいんじゃないかな』って思いましたよ。

でも、彼はあえて挑戦したんです。片手間《かたてま》でやっても結果が出ないと思ったからでしょう。日本で最初の義足のプロ選手となって、自分をどこまで表現できるか、スポーツ選手としてどこまでいけるか……。

それは自分自身への挑戦ですよね。

就職するってことは、ある意味で『逃げ』なんです。足の調子が悪かったり、色んなトラブルに遭《あ》えば、『陸上は辞《や》めた』とか『ハイジャンプを辞める』とか言えるんですよ。そうならないように、あえて自分を追い込んだ。

彼も悩んだろうけど、よく決断したと思います。人から『アスリートになりなさい』と言われるのではなく、自分で『アスリートになる』と覚悟を決めて生きていく。それ自体が立派ですね」

かく言う臼井も、義足のプロフェッショナルだ。立場上は義肢装具《ぎしそうぐ》サポートセンターの会社員ではあるが、義足に関する技術と情熱はプロ中のプロと言えるだろう。「自分が豊かになるとか、儲《もう》かるとか、名声を得るとかじゃなくて、自分で自分の仕事に納得できるかという意味で『自分のため』に働く」と語る臼井の心意気は、プロと呼ぶにふさわしい。

回りまわって、身近なところにプロのお手本がいた。

□障害者スポーツの問題点

北京五輪が開催される今年になって、ある義足アスリートが世界中で話題になっている。オスカー・ピストリウス、南アフリカのパラリンピック陸上選手だ。

先天性障害により生後11ヵ月で両ヒザ下を切断したが、学生時代にはラグビー、テニス、レスリング、水球など様々なスポーツを経験。04年に陸上に転向し、同年9月のアテネパラリンピックでは200m走で金メダルを獲得している。

ピストリウスはカーボン製の両足の義足から、「ブレードランナー」の異名《いみょう》を持つ。現在は、両足切断者クラスの100m、200m、400mの世界記録保持者となっている。100mのタイムは10秒91、200mでは21秒58、400mでは46秒58。両足義足のハンディを感じさせない速さである。

そのピストリウスが、今度の北京五輪に出場できるかどうかが、世界の陸上界で争点となっていた。ＩＡＡＦ（国際陸上競技連盟）は、彼のカーボン製の義足が競技規定に抵触《ていしょく》するとして、出場を認めない裁定《さいてい》を下していた。両ヒザ下に疲労がたまらないので、健常者よりも有利ではないかというのが理由だった。

しかし、ＣＡＳ（スポーツ仲裁裁判所《ちゅうさいさいばんしょ》）はＩＡＡＦの判定を覆《くつがえ》し、ピストリウスが健常者のレースに出場することを認めている。今後、参加標準記録を突破すれば、オリンピックにも出場できるようになった。

ピストリウスに関する一連の報道を見聞きして、鈴木はあまりいい気分にはならなかった。

「ピストリウスは何もごまかしていないし、オリンピックに参加してもいいと思いますよ。まだ標準記録は切っていないし、仮にオリンピックに出ても、決勝には残れないでしょうけど、そういう可能性はあってもいい。

彼の場合は条件がいいんですよ。両足が義足だから、ヒザ下の疲労がありません。普通の選手は疲れるところが、彼のヒザ下はバネになっているんで。だから健常者よりも有利な部分はある。それでも、まだ、健常者には勝てないレベルですよ。

こういう問題が出てきたこと自体が寂しいですよね。僕もできるなら、オリンピックにも出てみたいし。障害者がオリンピックで金メダルを獲って初めて、そういう話題が出てくるのならいいと思いますけど、まだ、オリンピックにも出ていないんだから。その前の段階から『義足は有利だ』なんて否定すること自体が悲しいです。

多分、気に入らない人がいるんでしょうね。『なんで足のないヤツがここにいるんだ』って思っている人が」

鈴木は健常者の大会にも参加している。ＩＡＡＦの裁定とは直接関係はないとはいえ、可能性を否定されたような気持ちになったという。

鈴木の目指す所は、陸上を通じてのバリアフリーだ。

「日本には、障害者を特別視したり、過敏《かびん》になりすぎる部分があります。メディアが障害者を取り上げると、障害者を過剰《かじょう》に持ち上げたり、『お涙ちょうだい』的なドキュメンタリーになったりします。日常生活でも、障害者を見た人は『助けてあげなきゃ』という気持ちになりがちです。

でも、それは不自然なんですよね。障害者は障害とともに暮らしていくことが当然だし、いつも誰かの助けを求めている訳でもありません。困ったときに、困っている分だけ手を貸してもらえたら、それだけで充分なんです。

障害者を見ても、健常者が過剰な親切心を持たないことが当たり前になってほしいですね。逆に、障害者がごく普通な形でメディアに出るようになればいいですね。

僕は、障害者と健常者の関わりが自然になるのが、本当のバリアフリーだと思っています。そういう世の中にするためにも、僕のような比較的障害の軽い人間が、厳しい世界に挑戦して、義足の可能性を伝えていくことが大切だと思っています」

人に気を遣《つか》わせないように、自分のやれることは自分でやる。それが障害者と健常者との対等な関係につながると、鈴木は考える。

義足を外して風呂に入るときは滑《すべ》って転んだことがあった。でも、その経験があったから、今ではギリギリまで義足をつけていって浴槽《よくそう》の手前で外す。人から「手伝おうか」と言われたことがあるが、いつも誰かそばにいるわけではないので。もちろん、本当に困っていれば助けを求める。でも、それ以外は自分の力で何事もやりたいと思っている。

そういう厳しい目で見ていくと、障害者の世界にも疑問点は多い。特にパラリンピックでは、表沙汰《おもてざた》にならない「ずるい」出来事が多々あるように思えた。

「障害の階級をごまかす選手がいるんですよ。それはどうかと思いますね。お金を積んで、審判を取り込むよりも悪いことですからね。ドーピングよりも悪いことですよ。ドーピングは、自分の力が限界だから、新しい力を入れて勝とうとする。その分、自分の体にもリスクを負いますから。でも、障害をごまかすのは、自分が全力を出さなくても勝てる場に降りてくることですからね。しかも何もリスクも負《お》わないですから。そういうのは、現場でも何度も見ていますし、残念だけど、日本人の中にもそういう人がいるんです。

これは外国の選手の話ですけど、全盲《ぜんもう》の選手のはずなのに、目の前にあるタオルをサッと取れるんです。普通は手探《てさぐ》りになるはずでしょ。なのに、僕らと同じように簡単に取れてしまう。見えているとしか言いようがないですよね。

視覚障害のクラスはＢ１、Ｂ２、Ｂ３とあって、Ｂ１は、光があるかないかしかわからないレベル。Ｂ２は自分の手の形が認識できる程度。Ｂ３は視力が０・03から０・１まで。他にも視野の広さによっても違ってくるんですけど、障害の程度としては、Ｂ３が一番軽いのはわかりますよね。当然、競技レベルもＢ３が一番高くなります。すると、Ｂ３では勝てないと考えた選手が、Ｂ２にどんどん流れてきて、結局Ｂ２のクラスが、一番競技レベルが高くなってしまったりするんですよ。明らかにおかしいですよね。

シドニーパラリンピックでは、知的障害者のバスケットボールに健常者が出て、それがばれてしまいました。だから次のアテネからは知的障害者の競技がすべて廃止になっています。

僕らみたいな切断はごまかせないんですよ。足を伸ばす訳にもいかないし。でも、視覚障害や車椅子の人たちはごまかせてしまう。自分の持っている力を出しきったら、障害のクラスが上がってしまうから、全力を出さずに、今の障害のクラスにいて勝とうとするんです。下半身麻痺《まひ》のはずの人が、平気で立ち上がったりしますからね。そこまでして勝ちたいかと、僕なんかは思ってしまいます。

僕らは障害者ということで、守られている部分があります。その分、いい悪いの判断がつかない人が多いのも事実です。だから、ちょっとずるいことをしてでも勝とうとしたり、わがままだったり……。自分で荷物を持てるはずなのに、絶対に荷物を持たない選手もいたりします。

残念ながら、そこにはスポーツマンシップがないんですよ。

そういうのがあるから、パラリンピックがテレビで放送されないっていうのもあるん

日本の障害者スポーツの地位向上を鈴木は願っている

でしょうね。僕のやっている走り高跳びは問題ないですけど。ごまかしようのない競技ですから。

こういう不正については、僕も色んな場所で言ってきましたし、これからも言い続けようと思っています。もし、それでバッシングを受けたとしても、覚悟はしていますよ。いずれわかることだし、そういった不正が正されれば、障害者スポーツも、もっと評価されるようになりますから」

障害者スポーツの地位向上を目指している鈴木だからこそ、言葉も厳しくなる。

陸上ひとつを取っても、オリンピックと較べたら、環境の差は歴然としている。選手団のメンバーを見ても、パラリンピックでは、スタッフにトレーナーやフィジカルコーチが入らない。オリンピックの強化資金も決して潤沢《じゅんたく》とは言えないが、パラリンピックに関しては強化費はない。選手だけでなく、コーチやスタッフも全員がボランティアでやっている。大会中は、ほとんどのスタッフが徹夜で、寝る間も惜しんで作業をしてくれている。選手たちも、自分の試合が終わると、スタッフとして借り出される。鈴木も過去2回のパラリンピックでは、車椅子マラソンや視覚障害のマラソンの手伝いをしている。改善してもらいたい部分は山ほどある。

しかし、その一方で、アメリカでは、パラリンピック陸上のコーチに、元110m障害の五輪代表だったアル・ジョイナーがついているという。女子100mの世界記録保持者で故人のフローレンス・ジョイナーの夫である。おそらくプロの指導者として、依頼を受けてのことだろう。日本では考えられないくらいの本格的な指導が、アメリカでは行われている。

そういった環境が日本でも実現すれば、と鈴木は願っている。そのためには、まず、頑張った者が報《むく》われる場を作らないといけない。正直者が馬鹿を見る今の状況では、多くの人に見てもらえないし、本物のアスリートも育ってこない。

それでも、以前と較べれば、パラリンピックに対する世間の関心は高まっている。朝のワイドショーでも取り上げられたり、記者会見には多くの報道陣が詰め掛けるようになってきた。もちろん、鈴木への注目度も高まってきた。鈴木にとってもありがたいことだ。

「昔は新聞の記事を見て思ってましたよ。『なんでスポーツ面じゃなくて生活面や福祉面なんだ』って。でも、最近は納得できるようになりました。扱ってもらえるだけでありがたいし、時代とともに、アスリートとして認めてもらえるようになってきましたからね」

トップアスリート鈴木徹は、日本の障害者スポーツを牽引《けんいん》する役目も担っている。

競技中の連続写真（2005年の東京陸上競技選手権から）

第3章　人間鈴木徹

□鈴木徹の人生相談　その1

・恋愛と結婚生活

鈴木徹は自分のホームページ「Toru's Web」に相談室を設けている。簡単に言えば、人生相談のコーナーだ。始めたきっかけは、できるだけ多くの人たちと直《じか》に接したいという思いからだった。

講演《こうえん》や特別授業《とくべつじゅぎょう》では極力《きょくりょく》、生徒からの質問に答えようと努めている。だが、時間と人数に限りがある。一方的に話すだけでは物足りない。そこで試験的に、相談室を設けてみたという。この形がベストかどうかはわからないが、ともに悩みを考えることで、自分の思いや経験を伝えられれば、と鈴木は考えている。

ここでは相談室とは別に、人生相談で一般的な質問のいくつかを、鈴木にぶつけてみた。

◇

Q　好きな女性に想《おも》いを伝えたいのですが、不安や緊張で上手く伝えることができません。どういった心構えで伝えればいいですか？

Ａ　言わなかったら、永遠に付き合えない。言うことで、付き合えることもあるし、失敗することもある。その一歩を踏み出さないことにはダメじゃないですか。だから、一歩踏み出そう。その代わり、リスクは負《お》おう。付き合えるという特権があるんだから、それなりのリスクを負わないと。
金メダルを獲《と》りたいのなら、獲りに行こう。本気でその女性を奪いたかったら、奪いに行こう。そんなに好きではなかったら、行かなければいい。本気だったら、失敗するリスクを負ってでも、獲りに行こうよ。

そういう心構えでいいと思いますよ」

◇

せっかくなので、結婚生活についても聞いてみた。「僕もそんなに経験はないけども」と言いながら、鈴木は淡々《たんたん》と、自分なりの感想を述べてくれた。

「ある人から聞いた話ですけど、結婚する相手は、一番相性《あいしょう》の悪い人らしいですよ。結婚には、お互いに妥協《だきょう》する部分があるじゃないですか。長く一緒にいれば、嫌《いや》な部分も見えてくる。そこを、お互いが目をつぶりながら生きていくのが結婚生活だから。相手に悪い点があったら、僕も言ったりしますけど、『ここは頑張ろう』と思って、目をつぶるときもあります。そこが成長だと思うんですよ。

人間だから、好きなところが50%あれば、嫌なところが50%ある。それは暮《く》らしてみて初めてわかることで。みんなテレビを見ていて「この女優さんが好きだ」とか言いますよね。僕だったら、飯島直子《いいじまなおこ》さんが理想のタイプです。でも、それは表面上の理想であって、一緒にいたら、ここが嫌だとか、色々と合わない部分が出てくるでしょう。これはおそらく、誰が相手でも、絶対に出てくる課題だと思います。そこを抜けるかどうかで、今後が決まってくると思うんですよね。この先50年近くも一緒にいるんだから。

どれだけ目をつぶれるかですよ。向こうだって目をつぶってくれるじゃないですか。お互い様ですよ。自分の欠点を直せるかと言っても、そう簡単には直らない。僕は時間にルーズですし、デートのときもしょっちゅう遅れていました。それでも、相手がだんだん慣れてくれるというか、しょうがないかと思うようになるというか……。

お互いが理解し合える仲になっていくことが大事ですね。お互いが完璧《かんぺき》なんて、絶対にありえないですから。別の親から生まれて、血液型も違えば、育ってきた環境も違うんだし。

相手の悪い点は言ってもいいと、僕は思いますよ。でも、一緒になったら、そこを見逃すような心構えを持つことが大事でしょうね。どうしても嫌な部分は出てくると思います。そこで人間としての真価が問われる。そこで目をつぶれるか、つぶれないか。

そういった状況は何度もあると思います。それこそ、喧嘩《けんか》だとか、挫折《ざせつ》だとか。恋愛も人生も、そこを受け入れられるかどうかですよね。

最初は誰だって理想を追いかけます。結婚生活っていいものだ。あの人は優しい人だ。でも、実際に一緒になると、色々見えてくる。

僕は選手村で、他の選手と3週間ぐらい相部屋で生活するんですけど、いつも最後の方は嫌になります。『また一緒か』とか『汚《きた》ねえ食い方だな』とか、色々あるんですよ。でも、それを気にしていても、意味がない。自分が嫌な気持ちになるし、相手も嫌な気持ちになるだけですから。だったら『こういう人間なんだ』と理解して接していけば、自分が楽になりますすね」

◇

鈴木は、最初に入院したときの担当看護師だった麻美と結婚した。5歳年上の姉《あね》さん女房《にょうぼう》は、いつも心の支えとなっている。

2人の結婚式では、鈴木の父が涙を流した。「こんな息子のところに、わざわざ嫁《とつ》いでくれて……」と、挨拶《あいさつ》の途中で感極《かんきわ》まった。しかし、麻美にとっては、特別な覚悟をしたという意識はなかった。ただ、一緒にいたい気持ちがあったから、一緒になったまでのことだった。

鈴木との結婚を決める際にも、そこまでの葛藤《かっとう》はなかったという。

「足がないなら、ない人なりに、どうやって生きていくかが予想できたから、そんなに悩まなかったかな。年を取ったら、車椅子になるだろうし、バリアフリーの部屋も必要だろうし……。だいたい予想はつくし、今は元気に動けているから、そんなに気にすることもないかな。

右利《き》きの人もいれば、左利きの人もいるように、私の中では『あぁ、足が1本ないだけだな』という感じで。左利きの人が右手で字を書くにはどうしたらいいかというのと同じで、足が1本ない人が、2本ある人と同じように生活するにはどうしたらいいかを考えればいいだけであって、別にそんなに苦労はしていませんね」

サバサバした口調で麻美は言う。2人がどのように付き合い始めたかは決して明かさないが、おそらく、ごく自然に惹《ひ》かれ合ったのだろう。あくまでも対等に、気負《きお》うことなく、1人の人間同士として惹かれたに違いない。その間柄は、今も続いている。

看護師の仕事を続けている麻美に、患者との接し方についても聞いてみた。難儀《なんぎ》な患《かん》者《じゃ》も中にはいるだろうが、麻美は穏《おだ》やかな表情で、こう答えている。

「感情的になる患者さんもいますよ。一筋縄《ひとすじなわ》ではいかない患者さんもいます。でも、病気がこの人をそうさせているのかもしれないし、元々の性格がそうなのかもしれない。あらゆる角度から見てあげないと。たかが入院している間に、その人のすべてを見ている訳ではないですからね。決めつけたらいけないと思っています。

最愛の妻、麻美と共に

色んな情報は入ってきますよ。『この人は要注意だ』とか。それはそれとして聞くけど、自分は自分で患者さんと接してから判断するので、その情報を全部受け入れることはしません。

患者さんとは、そのときそのときで大変なことはあったけど、嫌な患い出として残っていないですね。きっと、それで成長させてもらっているんでしょうね。だって患者さんは、私たちより2倍も3倍も長く生きている人たちでしょ。そういう人たちと接している訳ですから。

確かに頑固《がんこ》な人もいますけど、それで嫌な思いをしたことはないですね。きっと自分の中にも、そういった頑固さがあるから、それはお互い様ということで」

結婚相手でも患者でも、人と接するポイントは同じなのかもしれない。嫌な部分はお互い様。それで自分が成長させてもらっている。そう思えば、腹を立てることも少なくなるし、自分が楽になる。

結婚は最悪の相性の人とするなどと言うが、この2人、考え方の相性はぴったり合っているようだ。

□鈴木徹の人生相談　その2

・何事も必然

Q　私は教師をしています。小さいころから夢を持って、プロの先生になりたいと思っ

て頑張っているんですけど、毎日くじけそうになります。苦しい場面を乗り越えるコツはありますか？

A　何でもそうなんですけど、成功する時間って短いじゃないですか。僕ならメダルをとったり、自己ベストを出したり。先生だってそうだと思うんですよ。やりがいとしては難しい部分があると思うんですけど、何か自分のやりたいことに対して準備が必要だと思うんですね。

僕は2ｍ跳ぶまでは、いいことも悪いことも「これは2ｍを跳ぶための準備だ」と思ってやってきました。何か起きたら、必然として受け入れています。

僕の場合、今、足が痛いんですけど、それは「休め」というサインじゃないかと思っています。もし、今、悩んでいるのなら、悩む時間を与えてもらっていると思うと、ちょっとは楽になると思います。無理に解決する必要はないと思います。僕も普段から、そうしています。

僕だっていつも前向きな人間ではないんで、ショックだって受けますよ。でも受けないようにしています。自分に今、必要なことが起きていると理解して生活しています。

たとえば、今日、信号で赤が多かったら、交通事故に気をつけようとか。そういうことを思うだけでも暮らし方が違うんですね。ただ、イライラするんじゃなくて。

今、教えているときも、今、結果を出そうとするんじゃなくて、子供たちが将来どうなってほしいかを考えながら教えたらいいと思います。先生の印象は子供の中に必ず残るので。難しいとは思いますけど、頑張ってください。

◇

鈴木のプラス思考は「何事も必然《ひつぜん》」と考えることから始まる。すべての出来事を、何かのサインと考えれば、目の前のことに一喜一憂《いっきいちゆう》しなくなる。この瞬間に起こったことは、これから起こる出来事とつながっているのだから、そのサインを読み取って、慎重《しんちょう》に対処していけばいい。

また、すべてがつながっているのだから、もし、自分が悪いことをしたら、必ずどこかでその報いを受けることになる。因果応報《いんがおうほう》ではないが、いい行いがあれば、いいことが起こる。悪いことをすれば、悪いことが返ってくる。もし、身に覚えがないのに、悪いことが起こってしまったら、無自覚のうちに生活が乱れていたのかもしれない。自分に対する危険信号ととらえて、日常生活から引き締め直す。

そういった大きな流れを無視したり、逆《さか》らったりすると、事件や事故になってしまう。交通事故を起こして、このサイクルに気づいてからは、鈴木はできる限りルールを守るよう心がけている。

「昔は、僕も平気でゴミを捨てていました。でも、今はそんなことはしませんよ。信号無視もしなくなりました。車が通っていなくても、赤信号できちんと待っています。どうしても急ぐときは『ごめんなさい』って心で言いながら渡りますけど。平気で信号無視をする人が多いんですよ。残念な世の中だと思いますね。『すいません』という気持ちがあれば、まだいいんだけど……。

悪いことは絶対に自分に返ってきます。僕の場合、交通事故がそうでしたから」

ちょっと窮屈《きゅうくつ》な考え方でもあるが、一理《いちり》あるかもしれない。日常生活のすべてが暗示《あんじ》となって、自分の将来を作ると考えれば、ひとつひとつの行動をおろそかにはできない。

「強くなるには日常生活から」という鈴木の考えも、元をたどれば、この大きな流れを感じることが原点なのだろう。社会のルールを守らない人間が、試合のときだけフェアプレーを唱《とな》えても、地に足が着いていない。人に迷惑をかけるような行動を重ねておきながら、『強くありたい』と願うのは、筋が通らない。

鈴木の言うことはもっともである。

その一方で、嫌なことを忘れるための気持ちの持ち方も、鈴木は心得ている。

「高速道路に入れてもらった後、いつもなら後続車にハザードランプを点滅しますけど、たまたま忙しかったりして、点滅を忘れたんですよ。そうしたら、入れてくれたのが怖《こわ》いお兄さんで、僕を追いかけてきて、窓を開けて文句を言ってきたんです。

その瞬間は嫌な気分になりましたけど、でも、次の日は覚えていませんね。意図的に悪い感情を消しているんじゃなくて、悪い出来事を自然と消してくれている感じです。元々忘れっぽいのもあるけども、交通事故を起こしてからは、特に嫌なことがあっても引きずらなくなりました。

時間は戻せないじゃないですか。悪いことをした瞬間まで戻って、訂正できるならいいですけど。良くないことをしたのは事実だから「ごめんなさい」と謝《あやま》って、それで終わりにすればいい。謝るべき場面できっちり謝れば、それで充分だと思いますよ。それ以上、嫌な気持ちを引きずったりする必要はないでしょう」

悪い流れになったら、そこでしっかりと区切りをつける。そうすれば、負の連鎖《れんさ》は食い止められる。

良い流れを作るように心がけて、悪い流れは最小限で抑える。当たり前と言えば当たり前のことだが、人は時として、この基本原則を忘れてしまう。だから、偶然《ぐうぜん》を装った必然に振り回され、疲れ果ててしまう。

「何事も必然」とわかれば、鈴木のようにしなやかに生きられるのだろう。

□鈴木徹の人生相談　その3

・自分の選択に責任を持つ

Q　最近、仕事が面白くありません。頑張っているつもりでも、成果が出ないし、やる気が湧《わ》きません。何かが間違っているような気がするのですが……。

A　頑張れない人というのは、自分の好きなことをしていないからだと思います。別の何かを優先して選んでしまったのでしょう。生活をしていく上では必要なことかもしれませんが……。

人生には、会社に勤めて生活の基盤をしっかり作る生き方と、僕のように冒険を選ぶ生き方と、二通りあります。どっちが偉いとかはありません。基盤を作る人、突き抜けようとする人、両方が大事。要は自分の居場所《いばしょ》を見つけることですね。それを探《さが》さずに、収入とかに流される人が多い気がします。

好きなことをやっていれば、飽《あ》きないですよね。僕はスポーツが好きですけど、何でもいいという訳でもありません。ひとりでサッカーボールを蹴っていても、すぐ飽きてしまいます。でも、走り高跳びは違いました。毎日やっても飽きなかったし、地道な練習も苦になりませんでした。だから、高く跳ぶことで自分を極《きわ》めていった方がいいのかな、と思って、走り高跳びを続けています。

僕は昔から、机の前には10分も座っていられない子供でした。それに、勉強ができても、そんなに喜びは感じなかったですね。小学校で１００点を取ったときは、さすがに嬉しかったですけど。でも、スポーツで評価される方がもっと嬉しかった。得意分野でしたからね。無理しなくても、自然とレギュラーになれたりしましたけど、勉強はちょっと頑張ったくらいでは……。それはそれで、結構苦しかったです。

だから、苦手な物を克服しようとするよりは、自分の得意な物を伸ばした方がいいと思います。嫌なことをやっても面白くないですからね。身にならないし、ダラダラやるだけになってしまう。自分が頑張れるためにも、本当に好きなことを探した方がいいですよね。

好きなこと、得意なことでも、苦しくなるときはありますよ。何でもそうですけど、初めに楽しんだときが一番楽しい。だから、僕は初心を大事にしたいと思うんです。試合があるから、いいときもあれば、悪いときもある。それは仕方ないけど、できるだけ初心に近い気持ちを保とうとしています。そのためには、なるだけ結果を出して、楽しむしかないですね。『跳ぶことが好き』という気持ちは、いつも持っていたいと思っています。

僕の場合、今、走り高跳びをやるの嫌なんですよ。ケガで足が痛いから。そういう状態のときは、やっても意味がないんですよ。力を逃がしてしまい、やればやるほど動きが崩れる可能性があるから。多分、今やっても伸びないでしょうね。仮に動きが良かったとしても、自分の身にならないと思います。周りから『練習しなくて大丈夫？』とか聞かれても、それは仕方ない。今、自分を潰《つぶ》す訳にはいかないし、北京パラリンピックという大きな目標があるんだから。

◇

「この答えだけでは何の解決策にもならない」と思う人も多いだろう。「好きなことだけで生きていけないから悩んでいるんだ」という反論もあるかもしれない。「好き」と「得意」と「できる」とは違うんだから、というもっともな意見も聞こえてきそうだ。

だが、鈴木が伝えたいのは、表面的な解決策ではない。ありきたりな結論に落ち着いてしまうが、「自分で自分の人生に責任を持つことが大事だ」と、鈴木は考えている。言葉を変えれば、「自分の人生に、どれだけリスクを背負えるか」。そのためには、何事もやってみないと始まらない。

「まずはやってみないと、その先がないと思うんです。いいも悪いも、試してみないとわからない。試してみて、ダメならダメで、それでいいんです。試さずに止めたら、自分で判断したことにはなりません。

食わず嫌いがそうじゃないですか。嫌だと思っていても、実際に食べてみると美味《おい》しかったりする。旨味《うまみ》というか、必要性がわかれば、自然とチャレンジするようになりますからね。

たとえば、野菜が嫌いでも、スポーツを長く続けるためには野菜が必要と思えば、食べるようになります。僕は昔、本をほとんど読みませんでした。でも、今では自分から本を読むようになりました。福間先生から教わって、本を読む楽しさと必要性がわかったからです。

やってみて、自分に合わないというリスクもありますよ。でも、リスクがないと、人生がつまらないと思うんですよね。常に自分に合う物だけを摂《と》っていれば、右肩上がりに成長できるとも限りませんし。

とりあえず、やってみればいいんですよ。キノコだと思って食べたら、それが毒キノコだったりするかもしれないけど、それはそれでいいんです。下痢《げり》すればいいだけのことですから。死ぬようなリスクまで背負う必要はないけど、そこまでじゃなかったら、まず試してみる。他の人がもうやっているかもしれないんだし。

リスクにも色々ありますからね。

試合で新しい靴を履くと、靴擦《くつず》れができたりしますよね。試合に新しいTシャツを着ていったら、汗を吸わなかったり。糊《のり》みたいなのがついているから、汗を弾《はじ》いてしまうんです。だから僕は、試合のときは、慣れ親しんだ物を使うようにしています。そういったリスクは避《さ》けたいんです。

そうです、そうです。人生で、負わなくていいリスクを負って、背負わなきゃいけないリスクを背負いたがらないのと同じですよ。本来は逆だと思うんですよね。でも、多くの人が、挑戦すべきところで挑戦しないで、逆に変なところでリスクを負ったりする。だから、ちょっと嫌なことがあると、すぐに顔に出したりするんです。

昔の僕もそうでした。シドニーパラリンピックのときに、大会前に義足を変えたのもそうですよ。新しい義足さえ履けば何かが変わると思って、そのリスクの大きさまで考えてなかった。背負うべきリスクと背負わなくていいリスクが何なのかをわかっていなかったんです。

『人生には背負うべきリスクと、そうじゃないリスクがある』という前提がわかっていれば、もう少し楽になれると思いますね」

背負うべきリスクを承知した上で、まずはやってみる。それが「自分の人生に責任を取る」ことなのだろう。

「僕も親から言われるんですよ。『安定した収入のある仕事に就《つ》きなさい』とか。周りからも『飯が食えないスポーツだ』とか言われたりします。でも、自分で責任を取りたいと思って、スポーツ選手になりました。自分が高く跳びたいと思っているなら、それでいいんですよ。周りがどう見てようと、曲げる気はありません。誰かから言われて止めるようでは、そこまでの気持ちしかなかったということです」

その覚悟があるから、鈴木は頑張れる。

◇

ここまでの鈴木の答えを読んで、ありきたりな一般論と思う読者も中にはいるだろう。鈴木自身がシンプルな言葉を好むため、回答が平易《へいい》になってしまった面も確かにある。彼は大げさな表現や、大衆の耳目を惹きつけるようなフレーズを好まない。どんなときも、自分の内面をさらりと伝えてしまう。どこまで意図しているのかはわからないが、大事な話、苦労してつかんだ話ほど、あっさりと語りたがる傾向がある。

人生相談の締めくくりとして、鈴木のこの言葉を付け加えておきたいと思う。

「みんなはこぞって画期的な解決策を求めるけど、そういうのは長く続きませんね。長く残っている物は、何でもベースがしっかりしています。そのベースを作るには、地道な取り組みしかないんです。残念ながら、特効薬《とっこうやく》はありません。

でも、みんなが新しい物を求めてしまうから、大学の先生も困ってしまうんです。飯を食っていくためには、常に新しい物を作り出さないといけなくなるし。テレビもそうですよね。健康番組でも、いつも新しい物を求められるプレッシャーがあるから、つい、データを改ざんしてしまう。

本質はいつも、地味で目立たない物なんです」

□負けることの意味

・人は「スランプ」と言うけれども

スポーツは残酷《ざんこく》なまでに結果が出る。結果を残すために、全員が必死になってプレーする。しかし、結果がいい日もあれば、悪い日もある。

中途半端にやって、結果が出ないのは論外だ。たまたま結果が出たとしても、そう長くは続かない。問題は、一生懸命やって、結果が出なかった場合だろう。

「見返りを求めるから苦しくなる」などと言われても、奉仕《ほうし》の気持ちだけではスポーツは成り立たない。自分を高めたいから努力するのであって、「見返りを期待しない」といった悟《さと》りの境地は、スポーツの練習では当てはまらない。

「必死になって取り組めば、なんとかなる」という考えもあるが、それはあくまでも「ある程度」という言葉がついてくる。さらに先を目指すとなると、その限りではない。

必死でやることを大前提として、それでも結果が伴わなかった場合、自分で自分にどう折り合いをつけるか。本気でスポーツを続けていく上で、誰もがぶつかる命題《めいだい》でもある。鈴木は、自身が専門とする走り高跳びを「失敗するスポーツ」ととらえている。

「ハイジャンプは失敗するスポーツだから、一度失敗しても『駄目だ』と思わずに、『次の高さで成功しよう。次が勝負なんだ』と、自分に言い聞かせることが大事ですよね。そうすることで、また頑張れます。

一度失敗したら、次は同じミスを繰り返さない。いかにして、次に取り返すかを考えていかないと、自滅《じめつ》してしまいます。

全部成功するのは理想ですよ。頭の中でそう思い描きたいけども、実際には、そうはいかないですよね。野球だってそうです。気持ちは4打数4安打を狙いたい。でも、実際には4打数3安打もあれば、1安打の日もある。ヒットが打てない日もあるでしょう。常に100%を目指すんだけど、実際には80%だったり、90%だったり。その確率を1%でも上げるために、僕らは練習しているんです。

それでも、結果が出ない日はありますよ。それが人生であり、スポーツだと思うんです。だから、全力で頑張るんだけど、結果が出なければ『そういう日もある』と割り切る。実際にそうですからね」

結果が出なかったことに対して落ち込むのが誠意《せいい》ではない。修正はその場で必要だが、反省は試合後にやればいい。自分から落ち込んだり、自分自身に怒りを溜めてしまえば、結果が得られないのは目に見えている。負の連鎖に陥ってしまう典型的なパターンだ。

失敗を食いとどめるためにも、そういった鈴木のような割り切りが必要になってくる。「切り替え」という表現を使うスポーツ選手も多い。スポーツだけに限らず、結果を残している人間には、多かれ少なかれ、そういったバランス感覚があるように見える。

極限まで自分を追い込みながら、結果に関しては、どこかに逃げ道を用意しておく。自分に厳しく毎日をすごしながらも、座右《ざゆう》の銘《めい》は「まぁ、いいか」だったりする。

要は「そういう日もある」「まぁ、いいか」の使い所が的確なのである。

ここで、真面目な人ほど「あれだけ人に『必死でやれ』と言っていたのに、『そういう日もある』でごまかすのは自分勝手だ」と思い込んでしまう。そういった論調《ろんちょう》の批判も世の中には多い。

確かに、「必死でやれ」と「そういう日もある」の2つは、言葉だけ取り上げれば矛《む》盾《じゅん》している。同じ人間から出てきた言葉とは思えないニュアンスの相違がある。だが、使われている場所の違いを気にする人は、意外に多くない。

「必死でやれ」というのは、自分がコントロールできる範囲の内での言葉である。練習や試合の局面で手を抜いて、「そういう日もある」では、誰も納得しない。団体競技でも個人競技でも、信頼を失うことになるだろう。自分ができる範囲のことは、それこそ必死でやらないと、自分で自分に申し訳が立たない。それこそ、一生涯《いっしょうがい》悔いを残すことになる。

その一方で、結果というものはコントロールできない。最高の結果を得るために、常に最善を尽くすが、結果だけは、蓋《ふた》を開けてみないとわからない。個人競技の場合なら、自己ベストを出したとしても、他の選手がさらに上を行けば、優勝できない。そこで「そういう日もある」と折り合いをつけなければ、自分で自分の首を絞《し》めることになる。

逆に結果ばかりを追い求めると、コントロールできない部分にまで気持ちが拡散《かくさん》して、集中力が希薄《きはく》になってしまう。自分を見失う典型的な例と言っていいだろう。

大雑把《おおざっぱ》な物言いをすれば、自分のコントロールできる物とできない物との線引きができていれば、結果もついてくる。自分のコントロールできる範疇《はんちゅう》では「必死にやれ」と、自分を追い込み、コントロールできない領域については「そういう日もある」と、自分を納得させる。使い分けではなく、明確な線引きだから、人間的には何ら卑怯《ひきょう》ではない。戦うために必要な精神的技術である。

鈴木もその辺の感覚は、肌で感じ取っているようだ。右足を失ったことで悟ったのかどうかはわからないが、恩師の福間に言わせると「彼は勝つための心の持ちようをつかんでいる」ということになる。8年間鈴木を見続けてきた臼井は「彼が一番伸びたのは精神力」と、鈴木のメンタルタフネスを評価する。

「不本意な結果の後にどう答えるかで、その後が違ってきますからね。だから僕は、負けた後でも取材は受けますよ。それもアスリートの務めだと思っています」

負けること、失敗することを学ぶ中で、鈴木は成長を続けている。

◇

成長というのは、必ずしも目に見える形では表れない。急激に数値が伸びるときもあれば、表面上は停滞しているかのように見える時期もある。

ここ3年の鈴木のシーズン最高記録をまとめてみた。

05年　1m98㎝（パラリンピック・ワールドカップ）

06年　２ｍ00㎝（ジャパン・パラリンピック）
07年　１ｍ97㎝（小瀬カーニバル）

05年は福間の指導を受けて、大幅に自己ベストを更新《こうしん》した年だったが、それ以降に目立った伸びはない。数字の上では停滞《ていたい》している。表面上の記録だけを見て、「スランプですね？」といった質問を投げかけてくる新聞記者もいる。

いつもは丁寧な受け答えをする鈴木だが、この時ばかりは反論する。

「僕はスランプだと思ったことが一度もないんですよ。スランプって何ですか？　記者のみなさんは、記録の出ていない時期を『スランプ』と言っているみたいですけど、僕は『次の段階に行く準備をしている時期』だと考えています。ずっと右肩上がりに記録が伸びることはないですからね。１ｍ80㎝を跳んだら、しばらくは準備の時期があって、今度は１ｍ90㎝を跳んだら、また準備の時期が来る。その繰り返しですから。

明らかに落ちる時期があれば、それはスランプだと思いますけどね。去年、イチローさんは２００本以上ヒットを打ったけど、首位打者を獲れなかった。それだけで『イチローはスランプだ』なんて言う人もいましたけど、そういうのはスランプとは呼びませんよ。それくらいのことは誰にだってある。体調がそうですよね。いい日もあれば、悪い日もある。企業だってそうですよ。赤字になったり、黒字になったり。今度『スランプですか？』と聞かれたら、言おうと思うんですよ。『あなたの会社はどうですか？　いつも右肩上がりに伸びていますか？』って。そう言われて、初めてわかると思うんですよ。言っている本人が『スランプ』がどういうことかをわかっていないんです。

物事には必ず、何か原因があるんですよ。それを『スランプ』のひと言で片づけていると、何も見えてこない。山と谷がある中で、少しずつ学んでいくんだから。企業も赤字を黒字にしようと考えて、伸びていきますからね。

だから、目先の結果にとらわれずに、伸びるための準備を続けることが大事です。赤字でもクビを切らない会社の方が、僕は絶対に復活すると思っています」

死ぬまで成長を続けたいという心意気は、人間として悪くない。体力的なピークは20代かもしれないが、その他の部分で補っていけば、いくつになっても人間は成長できる。ただ、目に見える形の成長だけを求めだすと、右肩上がりの幻想《げんそう》に惑わされてしまう。一気に階段を駆け上がる時期もあれば、踊り場で少し足踏みをしているような期間もある。そこで伸びが止まったと思い込むと、自分が苦しくなる。自分で自分のベースを崩す行動に走りかねない。

記録が停滞している時期は、鈴木が言うように準備期間でもある。ぐるりと大きく回りながらも、階段で言えば一段分も登れていないかもしれない。だが、その大きなひと周りが、次の段階へのヒントとなる。人間的な深みをもたらす。表面的な数字には出ない奥行きとなって、戦いの場に生きてくる。

勝てないときも、記録が出ないときも、すべてが自分を成長させてくれる――そう考えるようになってから、鈴木の心はぶれなくなった。勝って学ぶことの方が多いかもしれないが、負けて学べることもある。「スポーツは、負けることの意味を教えてくれる」という言葉の本質が、鈴木はここ何年かで見えてきたという。

「スポーツは負けることがいっぱいありますけど、勉強は負けても負けだと思わないんですよ。スポーツなら、優勝しないと負け。ベスト8じゃ物足りないですけど、勉強なら10位でも自分がトップにいると錯覚してしまう。だから、勉強だけに偏《かたよ》ると、変にプライドが高くなる危険性があるんです」

人生は右肩上がりばかりとは限らない。勝ち戦ばかり続かない。負けた事実をどうとらえるかで、その人の真価が問われる。

負けを過剰《かじょう》に意識して、劣等感《れっとうかん》に陥ることもない。かと言って、現実から目を背《そむ》けて、強がる必要もない。負けを等身大《とうしんだい》に評価して、そこから次へつながる何かを見つけられれば、いくつになっても成長していける。

負けることから学べた者だけが、勝つ喜びを味わえるのかもしれない。

□夢を持ち続ける
・でも、その途中は気にしない

子供のころは、誰もが「夢を持て」と励まされただろう。「電車の運転手になりたい」などと、無邪気《むじゃき》な夢を口にする子供の姿を、大人は温かく見守ろうとする。

ところが、ある時期を過ぎると、夢を見ている人間への視線が、次第に冷たくなってくる。年長者からは「もっと現実を考えろ」と諭《さと》され、同年代の仲間からも「いつまでも夢見てるんじゃないよ」と冷や水を浴びせられる。

とかく、夢を持ち続けることは難しい。「夢は必ず叶《かな》う」「思考は実現する」といった言葉だけが独《ひと》り歩きしてしまい、ままならない自分に苛立《いらだ》ちを覚える。

「欲少なくして足ることを知る」と、悟りの境地《きょうち》を気取《きど》ってみても、得体《えたい》の知れない不満を膨張《ぼうちょう》させてしまうだけだ。

かと言って、夢を持ち続ける覚悟はないので、周囲のせいにしながら生きていく。「家族がいるから」などと、模範的《もはんてき》な親を装《よそお》いながら、実際の所は、配偶者《はいぐうしゃ》や子供に頑張らせることだけに一生懸命なだけだったりする。努力を人任せにして人生を乗り切ろうとするから、自分のしたことのない努力に対しても、平然と「あなたならできる」と言ってのける。相手の可能性を信じているのではなく、そうしてもらわないと自分が困るから言っているだけのことだ。本気で頑張った経験がない人間ほど、その傾向は強くなる。

一方で、芽の出ない夢ばかりを追い続けてしまう人も、少なからず存在する。誰がどう見ても可能性はないにも関わらず、「可能性は無限だから」と、耳障《みみざわ》りのいい言葉の表面だけを鵜呑《うの》みにして、自ら袋小路《ふくろこじ》に迷い込んでいく。本人も薄々《うすうす》気づいてはいるのだが、なかなか現実を直視できない。「これが自分の存在証明」と言わんばかりに、不可解な道を突き進み、あげくの果てには「理解してくれる人がいないんだよな」と、周囲へ逆恨《さかうら》みを始めたりもする。

生き方にも優劣はないし、もちろん夢にも優劣はない。ただ、夢をどう設定して、自分の中でどのように育《はぐく》んでいくのかには、明らかに上手《うま》い下手《へた》が存在する。可能性は誰にでもあると信じたい。だが、それを現実の物にするには、ちょっとしたコツがあるのではなかろうか。夢へのアプローチについて、鈴木に聞いてみた。

鈴木が夢の重要性に気づいたのは、普段から指導を受けている福間の影響が大きい。福間は子供のころに出会った走り高跳びに魅《み》せられ、40代後半となる今も、走り高跳びの第一線で指導に当たっている。福間は、走り高跳びと関《かか》わり続けられた理由を、このように表現している。

「僕は選手としては駄目《だめ》だったけど、ずっと夢を捨てずにやってきた。僕より高く跳べる人間は、それこそ五万といた。でも、そういう人たちは途中で諦《あきら》めたのか、たまたま僕が選ばれて、走り高跳びに携《たずさ》わるようになった」

この場合の「選ばれて」というのは、自分は選ばれし者という驕《おご》りでもないし、人を蹴落とし、生存競争を生き抜いてきたプライドでもない。ただ、精一杯、目標に向かい続けた日々が、結果として今につながっている、といった感覚だろう。頑張っているうちに、目標の方から自分に近づいてきたような感覚とも言えるかもしれない。
端的《たんてき》に言えば「運が良かった」ということになるが、運をたぐり寄せるだけの積み重ねてはしてきたという自負も感じられる。

福間は続ける。

「だから、まず、夢を持たなきゃ始まらない。その次に、夢を持ったら、達成するまでやり続ける。これが一番難しいかな。子供なら誰しも、夢を持つ。それをやり続けられるかどうかですよね。ただ頑張っているだけでは駄目。必要な努力をやらないと。条件を満たさなければ、絶対に夢は叶いません」

「条件を満たした努力」という、かなりシビアな言葉も出てきた。この条件に関しては、福間の中でも明確な答えは出ていないが、福間は次のようなフォローをしている。

「条件を満たしたているかどうかの判断は難しいけど……、仮に夢が叶わなかった場合、判断を間違えたと思うのではなく、自分よりももっと努力した人がいたって考えた方がいいでしょう。自分が失敗したのではなく、他がもっと凄《すご》かった、と。その方が心は楽でしょうね」

たとえ夢が叶わなかったとしても、全人格が否定される訳ではない。一部分の失敗を人生全体に拡大させないためにも、「他がもっと凄かった」と、自分の中で折り合いをつけて、また次へ進んで行けばいい。

福間は、隣りにいる鈴木を見ながら、さらに続けた。

「その点ね、この男は凄い。後ろを向いている暇《ひま》がない。前しか見ない性格だから、『こうだ』と決めたら、あとはひたすら突き進むだけ。これは大きな武器ですよ」

鈴木は少し照れながらも、自分なりの夢へのアプローチを語りだした。

「夢や目標はしっかり持っていますけど、その途中の道筋《みちすじ》は、自分の中にないんですよ。成功法の本には『目標への道のりを明確にイメージせよ』なんて書いてありますけど、僕は違いますね。夢というか、最終目標を設定すれば、あとは勝手に行けてしまうような感覚です。どんな形であろうと、多少時間はかかっても、絶対に行けると思っています。

多くの人は、途中の道筋を想像しますけど、実際には、思い描いた通りにはなりませんよね。みんな、途中の道筋に執着《しゅうちゃく》するから、いつの間にか方向がずれてしまったりするんですよ。途中のストーリーにこだわるから、つじつまを合わせようと無理をしてしまうんです。『目標に期限を決めましょう』という教えもありますけど、制限時間に合わせようとすると、やっぱり無理してしまいますよね。僕は少し違うと思っています。

僕自身、臼井さんと出会うことも、福間先生と出会うことも想像していませんでした。元日本記録保持者の吉田孝久さんや、今の日本記録保持者の醍醐直幸君と会えたのも、最初から思い描いていたことじゃありません。走り高跳びで頂点を目指そうと思い続けていたから、結果として巡り会えた。あくまでも結果としてついてきただけのことです」

鈴木に言わせると、人生には失敗がつきものだが、ゴールへのストーリーを描くと、いいことだけしか考えなくなってしまう。悪い出来事は誰もが想像したくない。しかし、いいことばかりをイメージしていると、現実に直面した際に崩れやすくなってしまう。

だから鈴木は「失敗は当たり前に起こることで、次へのステップにすればいい」と考える。夢への過程もあえて想像しない。「その方が精神的に楽になれるから」だという。

イメージトレーニングでは、ひたすら「いいことだけを想像しなさい」という教え方と、「苦しい時間帯も想像して、そこから抜け出して、最後に勝つイメージをしなさい」という教え方があるが、鈴木のやり方は、そのどちらでもない。「メンタルトレーニングは習ったことがない」という鈴木が、自分なりに落ち着いた結論なのだろう。

「夢を持つこと。自分から発信すること。夢を持っていれば、きっかけを与えてもらえるんでしょうね」

自信に満ちた表情で、鈴木は言う。

振り返れば、鈴木は出会いときっかけに恵まれてきた。特に右足を切断してからは、多くの人たちに支えられて、ここまで辿《たど》り着けたと実感している。それも夢を持ち続けた結果だった。

必ずしも、いい人との出会いばかりではなかった。中には露骨《ろこつ》に嫌なことを言う人もいた。しかし鈴木は、それを根に持つことはなかったという。ある本で読んだ「嫌な人ほど、自分にアドバイスやきっかけを与えてくれる」という言葉を信じて、人との出会いを大切にしてきた。

「苦手な人から言われたひと言が、どこか別のタイミングでポッと役立ったりするんですよね。だから、そういう人を自分から突き放そうとせずに、自分の許容範囲《きょようはんい》内でとどめておくんです。

確かに遠いですよ。そういう人とは。でも、どこかのタイミングで可能性がある。だから、距離は取るけど、関係を完全に拒否しない。そういうのが、人を大事にするってことだと思うんですよ」

身近な人間、波長《はちょう》の合う仲間だけを守るのが、人を大事にすることではない。自分の夢を大事に思うのならば、好きも嫌いも全部ひっくるめて、自分の許容範囲にとどめておく。仮にその場が不愉快であっても、その出会いがいつかどこかで、自分の夢を形作る駒《こま》のひとつになるかもしれない。

もちろん、それは「いつかどこかで利用できる」といった打算的《ださんてき》な考えではない。夢への道筋を勝手に思い描き、その一部分に無理やりはめ込もうとしても、現実の流れには逆らえない。コントロールできない物を追い回すことになってしまう。いつ、どこで取り込まれるかを意識せずに蓄えておくと、振り返ってみれば、それが夢を形作る重要なひと駒になっているかもしれない。

夢は自分で設定する物だが、夢を叶えるまでのストーリーはコントロールできない、ということなのだろう。目標を決めたら、あとは流れに身を任せておけばいい。その時々で悪い事態が起こるかもしれないが、それは充分に想定済みのこと。悪い流れに心を乱すことなく、良い流れに素直に乗るべく、正しい努力を積み重ねていく。日々起こる出来事にしても、人に対しても、すべてを受け入れて、プラスに換《か》えていく。

鈴木お得意の「流れに身を任せて」というのは、のほほんと大勢《たいせい》に流されるのとは少し違う。そこまで説明せずに、穏やかな表情で「あとは勝手に行けてしまうから」と言ってしまうあたりが、また鈴木らしくもあるのだが……。

夢を持ち続けるというのは、自分の夢を大事にすること。夢を叶えるには、夢を持ち続けるしかない。ただし、途中の道のりには執着しないこと。流れと出会いを大切にしていけば、いつか夢は形となる。

鈴木徹の夢は、幼いころから「スポーツ選手になること」だった。

・講演活動

小さなころから、鈴木は話すことが苦手《にがて》だった。昔は吃音《きつおん》を理由にいじめられたこともある。今も完璧に治ったとは言い難《がた》い。人前に出ると顔が赤くなるため、恥ずかしい思いをしたことも多かった。中学時代はハンドボール部で主将だったが、ミーティングではほとんど喋《しゃべ》っていない。言葉よりもプレーで引っ張るタイプだった。

家でも、必要最小限の話以外はしていない。たまに母が気を利かせて、「今日は学校で何があったの?」と聞いても、「先生に聞いてくれ」のひと言で終わらせてしまう。愚痴《ぐち》や不満もこぼさなければ、人の悪口も言わないが、人見知りが激しく、口数の少ない青年だった。

ところが、大学1年のときに、講演の依頼が舞い込んできた。母校である山梨北中学校から、講演をしてほしいとの要望があった。依頼主は、ハンドボール部で3年間世話になった、顧問の楡井俊彦《にれいとしひこ》だった。

話を聞いて、鈴木は驚いた。これまでに大勢《おおぜい》の前で喋ったこともないし、話すのが苦手な自分にできる訳もない。即座《そくざ》に断ろうと思った。しかし、恩師の依頼をそう簡単に断ることもできない。鈴木は考え直した。

自分は話すのが得意ではないから、おそらく上手くは喋れないだろう。人前で緊張もするだろうし、顔も赤くなるに違いない。でも、自分の経験を話すのなら、何とかなりそうだ。自分の身に起こった出来事を素直に伝えていけば、それだけでも充分ではないか……。

以前なら、反射的に拒《こば》んでいたはずが、このときだけは、なぜか前向きにとらえることができた。鈴木は、講演の依頼を受けることにした。

当日、緊張を覚悟で、母校のステージに上がった。ひと言も出てこないのではないかと思っていたが、いざ始まると、不思議なまでに言葉が出てくる。もちろん、笑いを取れる題材や、人を惹きつけるような話術はない。それでも、ただひたすら、自分の経験を自分の言葉で伝えていく。自分でも驚くくらいに、スムーズに話ができた。

講演が終わると、山梨北中学校の生徒から、大きな拍手が送られた。後輩たちの拍手を聞きながら、鈴木は、生まれて初めて「人に伝えるって楽しいな」と感じていた。

それ以来、鈴木は、全国で70回以上も講演を行うようになった。近年はレプロエンタテインメントとマネジメント契約を結んだこともあり、講演の機会も増えている。講演を重ねていくと、様々な人たちとの出会いが増えてくる。人見知りだった鈴木も、徐々に人の輪や新たなつながりを楽しめるようになってきた。講演の後に送られてくる感想文を読むのも楽しみとなっている。

感想文にまつわる思い出で、鈴木にとって今も忘れられない出来事がある。

ある高校で講演してから数日後、全校生徒の感想文が鈴木に届いた。ひとつひとつに目を通したあと、最後に講演の世話をしてくれた教師からの手紙を読んだ。そこには、定期テストや感想文をいつも白紙で提出する生徒のことが綴《つづ》られていた。

驚いた鈴木は、感想文の束《たば》をもう一度見直した。白紙の感想文などなかったはずだ。分厚い束の中から、その生徒の感想文をみつけた。そこには、ひと言、「ありがとう」

とだけ書いてあった。

鈴木は嬉しくなった。今まで、書くことすら拒み続けてきた生徒が、自分の講演の感想を書いてくれた。たったひと言だが、それだけで充分だった。自分が話すことで、頑《かたく》なだった生徒の心が動いたのだ。

「今でもね、思い出すたびに、目が潤《うる》んでしまうんですよ」

講演を通して新たな自分を発見した

講演をやって良かったと感じる瞬間だ。

回を重ねるごとに、鈴木の講演は洗練《せんれん》されてきている。

登場の際は、必ず長ズボンを履いておく。きれいに歩く鈴木の姿をみて、生徒たちは「どっちが義足なんだろう?」と不思議そうな顔をする。挨拶を軽く済ませると、おもむろにズボンの右すそをまくり上げ、義足を見せる。そして体調が良ければ、その場で走り高跳びのデモンストレーションを行う。小学生の身長ぐらいの高さならば、まず間違いなく1本でクリアできる。ここまでで、つかみはほぼ完璧だ。生徒たちは驚きながらも、義足のハイジャンパーの言葉に夢中になる。

その後は映像を交えて、交通事故から走り高跳びと出会って、現在に至るまでの出来事を振り返り、後半では、鈴木の思いを伝えていく。

鈴木が伝えようとしていることは、大きく分けて3つある。まずは「一日一日を大切に生きること」、2つ目は「夢や目標を持つこと」、3つ目が「自分を好きになること」。いつまで生きられるか保証はないのだから、後悔しない人生を送ってほしい。そのためには夢や目標を持ってほしい。そして、自分のコンプレックスを受け入れて、誰にも負けない何かを身につけてほしい……。

「足がない僕にもできたんだから、みんなにもできるはずです」と励ます鈴木の言葉に、生徒も姿勢を正す。

また、帰り際には、生徒に義足やメダルに触れさせている。義足をもっと身近な物として感じてもらうように、また、ハンディがあっても、やればできると実感してもらうために、直接手に触れる機会を提供している。

　講演で注意しているのは、過去の出来事をきっちり伝えておくこと。右足の切断にしたことも、その後のリハビリにしても、鈴木にとっては「当たり前なこと」であっても、やはり聞く方にしてみれば、かなりのインパクトがある。

「あの時は確かに痛かったけど、そのころの記憶は年々薄くなってきていますね。再現しろと言われてもできませんし。自分の中で、なるべく辛《つら》い顔をしないように、と思いながらやってきましたからね。

　それでも、講演では、なるべく当時を思い出すようにしています。伝えておかないといけない部分なので」

　周りからすると、とてつもない出来事を乗り越えてきたように見えるが、自分にとっては、当たり前のことを当たり前にしてきたつもりだった。自分を誇張す

講演での言葉には鈴木の思いが詰まっている

るのが嫌だから、あえて淡々と振る舞ってきた面もある。ただ、人に伝えるとなると、ある程度インパクトを与えるように表現していかなければ、心にも響かない。

鈴木の性格とは相容《あいい》れないかもしれないが、事故やリハビリの思い出については、単調にならないよう意識しながら喋っている。

今では堂々と講演をするようになった鈴木の姿に、昔を知る人たちは驚いている。駿台甲府高校ハンドボール部監督の八田政久《はったまさひさ》は「とても人前で話せるような男じゃなかったんだけど」と、その成長ぶりに目を細める。

両親も「徹は180度変わった気がします。今では小さい子にも気軽に話しかけるようになったし、講演をすること自体が、あの子にとってプラスになっていると思います」と、息子の内面的な成長を喜んでいる。

鈴木自身は、講演をこのように位置づけている。

「スポーツをやるために、最低限やっておかないといけないことってありますよね。実社会に出れば、学校の勉強はあまり役に立たないかもしれないけど、大学でスポーツを続けたいのであれば、勉強も最低限は必要になってきます。

講演も同じです。僕としては、スポーツだけをやっていたいですけど、講演もやらざるを得ない状況にあります。楽しむためには、やらなければいけないこともありますからね。

福間先生からは『講演はお前の使命だ』と言われています。『依頼が来るというのは、そういうことを伝える使命があるからだ。だから、多少練習に支障が出ても、講演はやりなさい』と言われています」

鈴木も、自分の体験を伝えていく必要性を自覚している。

福間は、鈴木の存在そのものが、人に勇気を与えていると考えている。

「まだ自覚していないかもしれないけど、彼は、人に勇気を与える役割を背負っているんじゃないかな。自分だけで、ただ走り高跳びを頑張るのではなく、生き様そのものが、人に勇気を与える存在というか。

人間、目の前にあることを受け入れて、精一杯生きていくことが大切なんですよね。それを彼は生き様で見せてくれている。僕にとっても刺激になるし、こういう男と接することができるのが、とても嬉しいですね」

講演を通して、より多くの人たちを勇気づけ、刺激を与えることが、鈴木の役割なのだろう。講演先の学校では、必ずと言っていいほど「ウチの教師になってください」とお願いされるという。しかし、鈴木はやんわりと、その手のオファーを断っている。

「義足の先生が毎日いたら、生徒にとっては、それが日常になってしまいますよね。刺激も薄れてきます。それよりは、今は色んな場所に僕が出向いて、多くの人たちの刺激になった方がいいんじゃないかな」

いずれはひとつの所に腰をすえて、指導者になりたいと考えている。だが、走り高跳びを続けている今は、より多くの人に自分の活動を知ってもらいたい。と同時に、様々な出会いの中から、お互いが刺激しあえたら、とも思っている。自分が外に出て行くことで、障害者に対するイメージを変えていきたいという気持ちもある。

改めて、鈴木にとって講演とは、どういった物なのかを訊《き》いてみた。

「僕たち人間は、『自分にはできない』と思ってしまうと、本当にできなくなってしまいます。でも、実際は『できない』のではなくて、『やっていない』だけなんです。僕も『講演なんかできない』と思い込んでいましたが、実際にやってみると、何とかできてしまうものです。それに、自分の思い描いていた物とは違う世界が見えてきました。自分が『人に伝えることが好き』ということに気づけましたし、自分の中の新たな能力にも気づくことができました。今では、新しいことにチャレンジするのが楽しみになりました。最近は喋《しゃべ》ることだけでなく、原稿を書くことにも興味が湧いてきました。すべては『まず、やってみる』ことから始まるんですね」

得意な部分はひたすら伸ばして、苦手と思い込んでいた中から、新たな可能性を見つけ出していく。そうすれば、生きていくことも自然と楽しくなってくる。

鈴木徹の生《い》き様《ざま》は、我々に、生きることの素晴らしさを教えてくれる。

第4章 北京へ、さらにその先へ

□日本選手団の旗手

多くの報道陣を目にして、鈴木は少し驚いていた。カメラが一斉《いっせい》に向けられる。取材には少しは慣れたつもりだったが、明らかに、これまでとは数が違う。

——障害者スポーツも注目されるようになったんだな……。

パラリンピックへの関心が高まっていることが嬉しかった。

5月下旬、都内のホテルで行われた、パラリンピックの日本代表選手の発表会でのことだった。鈴木は、今度の北京パラリンピックで、日本選手団の旗手《きしゅ》に選ばれたのだ。

「連絡をもらったときは驚きましたよ。まだ（パラリンピックで）メダルを獲ったこともないのに、旗手に選ばれるなんて……。連絡を受けての第一声は『僕でいいんですか？』でした。

でも、一度はやってみたいと思っていましたし、旗手に選ばれるのは光栄なことです。日本選手団で一番初めにスタジアムに入るんだから、胸を張って歩きたいですね」

鈴木は率直に、旗手に選ばれた喜びを語っている。

北京パラリンピックへ向けての日本選手団は、発表の時点で157人（その後、数名

ゴールボールの直井由紀選手㊧、水泳の鈴木孝幸選手㊥とともに北京パラリンピックへの決意を披露

が追加された）。4年前のアテネでは、金メダル17個、銀メダル15個、銅メダル20個の計52個のメダルを獲得した日本代表には、さらなる飛躍が期待されている。もちろん鈴木も、メダル候補の1人である。

「日本人の義足の陸上選手で、パラリンピックのメダルを獲った人はまだいません。だから、僕が義足のメダリスト第1号になるという強い気持ちを持って、頑張ります。

僕の種目は走り高跳びなので、見ていてスカッとするようなジャンプをしたいと思っています。多くのみなさんに、僕のジャンプを見ていただいて、『義足でも、こんなジャンプができるんだ』ということを証明できればいいと思っています」

シドニーやアテネのときは、まだ若かった。走り高跳びに転向してから日も浅く、自分にとってのベースがなかった。しかし28歳となった今は、技術と体力の両方が揃ってきた気がする。自分の体のことも、義足のことも、以前より把握できている。

自分のジャンプで証明したいことはたくさんある。義肢装具士の臼井二美男が作ってくれる義足が世界一であるということ。高跳びのコーチ、福間博樹の指導理論が世界一であるということ。そして、義足の可能性はみんなが思っている以上に大きく、努力次第では、限りなく自分の足に近づいていけるということも……。

そのためには、日本陸上界初の義足のメダリストとなって、より多くの人に、自分の活動を知ってもらいたい。

鈴木はそう考えている。

今回のパラリンピックでの勝負を分けるポイントは、やはり2ｍ。鈴木の自己ベストと同じ高さだが、ここをクリアできれば、メダルの可能性が高まってくる。ちなみに世界記録はジェフ・スキバ（アメリカ）の2ｍ10㎝。高い運動能力を生かして、日常生活用の義足で跳ぶ選手だ。その次がアーロン・チャットマン（オーストラリア）の2ｍ5㎝。この選手は上肢切断《じょうし》で、自分の両足で跳べる優位性がある。その他、地元開催に向けて力を入れている中国勢もあなどれない。

対する鈴木は、今シーズンに入ってから、まだ実戦で跳べていない。年明けから左ヒザの痛みが引かず、跳躍練習もままならない日々が続いている。不幸中の幸いと言うべきか、手術を要するケガではなく、単なるジャンパーズニーという診断だった。現在は薬を飲みながら、炎症《えんしょう》が治まるのを待ち、8月に実戦感覚を取り戻してから北京に挑む予定でいる。

おそらく、これから鈴木の周辺でも「試合に出なくて大丈夫ですか？」といった質問が増えてくるだろう。パラリンピックへの関心が高まるのは、鈴木にとってありがたいことだが、そういった雑音も増えてくる危険性がある。

だが、鈴木は、周囲の声に動揺しない。北京へ向けて、今、自分にできることだけに集中している。ケガが長引いたことにも「何か意味があるはずだ」と考え、試練をプラスに転換しようと努力している。

「色んな質問もあると思いますけど、まず、自分を取り上げてくれることに感謝しないといけないし、もし、取材攻勢で自分が崩れるようだったら、まだまだ自分が足りないということです。それをメディアのせいにしたらいけないと思いますね。

周囲の雑音《ざつおん》に惑わされて、自分のスタイルを貫《つらぬ》けなかったら、たとえ力があったとしても、それはそこまでの選手なんです。僕はそこを突き抜けていきたいと思っているし、本当にやりたいことを捨てずに生きていきたい。だから、誰が何と言おうと、自分だけしっかりしていれば、心配ないと思います」

取材の受け答えにも人柄がにじみ出る

この日も鈴木は、報道陣の質問に対して、最後まで丁寧に答えていた。繰り返しになる質問にも、嫌な顔ひとつせずに、きっちりと応じている。受け答えや人柄も含めて、報道陣を敵に回すようなことはないだろう。また、どういった結果が出るにせよ、責任転嫁《てんか》をすることもないはずだ。鈴木徹は、勝負の責任を背負える男である。

長引くヒザのケガが何を意味しているかは、鈴木自身もまだわからない。その意味が見えてくるのは、北京での試合の後かもしれないし、さらに先のことかもしれない。とにかく今は、試練を乗り越えることが大事になってくる。意味も結果も、後からついてくる物だ。今、自分にできることを積み重ねて、鈴木徹は北京の舞台に立つ。

□垣根を跳び越え、新たな世界へ

北京パラリンピックはひとつの大きな目標だが、鈴木にとっては、あくまでも通過点に過ぎない。その先には、さらに大きな夢がある。

まずは、障害者の大会を卒業すること。このまま続けていれば、おそらく次のロンドン・パラリンピックにも出場できるだろう。しかし、それだけでは、自分の成長にプラスにはならない。障害者スポーツに注目してほしいと言う前に、もっと健常者の大会に参加して、自分の存在を示したいと、鈴木は考えている。

「『見てくださいね』じゃなくて、自分から『もっと見られる場』に出て行くのが、本当のバリアフリーになると思っています」

以前から、健常者の大会にも参加していたが、これまで以上に積極的にエントリーしていくつもりだ。

そして、もうひとつの大きな夢がハンドボールだ。走り高跳びの競技そのものは、4年後のロンドンをひと区切りと考えている。その後は、ハンドボールの指導をしてみたいと、鈴木は思い描く。現に、母校、駿台甲府の恩師・八田政久からは「北京が終わったら、スポットコーチを頼む」とも言われている。今後は大学院でコーチングをさらに勉強することも視野に入れている。

ハンドボールで、鈴木にとって印象に残っている試合がある。高3秋の国体で3位に入ったときのことだ。山梨選抜の一員だった鈴木は、優勝候補と言われていた大阪選抜と、準々決勝で対戦している。

それまでの鈴木たちのチームは、日本一を目指していたものの、あまりの練習量の多さに、いつの間にか「やらされている」という感覚に陥っていた。監督の八田の目を盗んでは、フットワークの練習で手を抜いたり、ダッシュをさぼったりしていた。日々の

1998年の国体ではハンドボールの山梨選抜の一員として3位となった（後列右から2人目が鈴木）

練習を乗り切ることだけが目標になっていたから、春のセンバツや夏のインターハイでも、成績は思わしくなかった。

しかし、夏が終わって、国体を目指すメンバーだけが残ったとき、一人ひとりの意識が変わった。「試合は自分たちの物」という気持ちが甦《よみがえ》ってきた。自分たちで練習の意味を考えるようになったし、集中力も高まってきた。結果として、八田に叱《しか》られる回数も少なくなり、チームの雰囲気も見違えるほど良くなった。

そして、準々決勝の大阪戦で、鈴木たちは最高のパフォーマンスを見せている。個々の能力では大阪が上と言われていたが、前半を終わって、ほぼ互角の戦いとなった。

ハーフタイムでチームメイトを見た瞬間、鈴木の中にも「これは行ける！」という手《て》応《ごた》えがあった。一人ひとりが落ち着いている。余分な緊張もなく、純粋にハンドボールを楽しんでいる。初めてハンドボールに触れた中学時代のように、新鮮な気持ちで互いを励まし合えていた。口にこそ出さないが、「負ける気がしない」という自信がひしひしと伝わってくる。鈴木には「全部が噛み合っている」という直感があった。

チームが一体となった山梨は、この後大阪に勝ち、全国3位となっている。この国体は鈴木にとって、ハンドボールでの最後の大会でもあった。

のちにこの試合を思い出すたびに、鈴木は「2ｍを跳んだときと似たような感覚だった」と思うようになる。

国体も2ｍを跳んだときも、あの日は、競技を始めたころのような素直な気持ちで、目の前のワンプレーに集中できていた。人からやらされるのではなく、自分で動こうとしていた。その結果、周りの条件がどんどん噛み合って、最高の物が出せた。自分たちが力を出したというよりは、周りから引き出されていったような感覚でもあった。

国体では偶然噛み合っただけだが、今の個人競技のノウハウを導入すれば、すべてが

その視線の先には新たな世界が続いている

噛み合う確率はもっと高くなるのではないか、と鈴木は考える。ウォーミングアップの方法から、ジャンプシュートの跳び方など、試したいことはいっぱいある。

また鈴木は、ただ勝つだけでなく、チームの基盤となる行動についても教えていきたいと思っている。物を大事にする、ゴミは捨てない、今ある環境で工夫しながら練習の幅を広げる等々、強くなるために欠かせない流れは、陸上だけの物ではない。ハンドボールにも共通しているはずだ。指導者の前だけの「イイ子」ではなく、どんな場面でも本質を見抜ける生徒を育ててみたいと、鈴木は思い描いている。

◇

鈴木と話していると、ハンドボールから走り高跳びに行った流れは、ごく自然に思えてくるし、今後、走り高跳びから再びハンドボールに戻ったとしても、それも、また自然なことに思えてしまう。ひとつに専念することを良しとしたがる我々にとっては、即座に理解しがたい部分もあるが、彼の言う「僕のベースはスポーツ。そこに走り高跳びがあって、ハンドボールもある」という感覚が理解できれば、何ら不思議でもない。我々が考える以上に、競技間の垣根《かきね》は、そんなに高くないのかもしれない。義足のハイジャンパーは自然体で、競技の垣根を跳び越えていく。

スポーツだけでない。鈴木は日常生活の様々な障壁《しょうへき》をも跳び越えていく。健常者と障害者との垣根を取り払い、ごく自然な関係を作り出そうとしている。

ベースは同じ人間同士。たまたま障害のある人とない人がいるだけで、広い視野で見れば、その能力は変わらない。たとえ障害がある人でも、それを補って余りある他の何かを持っている。だから、過剰なまでに美化する必要もなければ、腫《は》れ物に触《さわ》るように扱う必要もない。ただ自然に、お互いが対等な関係を築いていければ、それでいい。

垣根を跳び越えていく鈴木の行動が、先入観と言う名の壁を崩し、新たな世界を作り出していく。それが本当の意味でのバリアフリーにつながっていく。

涼しげに障壁を跳び越えた後に、鈴木はきっとこう言うだろう。

「片足のない僕にもできたんだから、みんなにもできますよ」

〝義足のハイジャンパー〟鈴木徹の歩む道は、新たな世界へと続いていく。

「義足について」

鈴木　徹

・義足の仕組み

義足は、断端《だんたん》（切断面）を包み込むソケット部分と、足部から成り立っています。

人それぞれ足の形が違うように、断端も様々です。そこで、義肢装具士に断端の採型をしてもらって、自分だけのソケットを作ります。仕上がったソケットに、自分の動きに合った足部を取り付

けて、義足が完成します。

・ソケットについて

固まる包帯を断端に巻きつけて型（陰性モデル）を取り、そこにギブス泥を流し込んで足型（陽性モデル）を作ります。その足型を元に、修正を加えながら、ソケットを仕上げていきます。

ソケットのフィット感は人それぞれで、ゆったりした方がいいという人もいれば、タイトな物を好む人もいます。僕の場合はスポーツをやるので、ある程度きつくフィットした方が好みです。切断面を保護するインナーも薄めにして、地面からの反力を感じられるようにしています。

切断面に汗がたまると、ソケットとの間に隙間《すきま》ができてしまうので、こまめに汗を拭《ふ》き取らなくてはいけません。雨の日に靴が濡れた感覚をイメージしてもらったら、わかりやすいでしょう。

・アライメントとは

ソケットと足部の位置関係です。健常者の場合でいうと、ヒザに対して、足がどのようについているかということです。位置関係を調整することで、義足はX脚にもO脚にもなります。僕の場合は、足が内側に向いているので、少しX脚気味にしてバランスを保っています。

・日常生活用の義足

日常生活用といっても、競技用と同じカーボン素材で出来ており、僕の義足では、どんなスポーツでもすることができます。実際、同じ障害のクラスで世界記録を持っている選手は日常生活用で跳んでいます。

僕が使っている日常用の義足は、その中でも最も反発力のある、丈夫な足部になります。反発性が高い分、かなり重たいため、国内ではやや敬遠されがちです。

つけ始めのころは筋肉痛にもなりましたが、今ではその重さにも慣れました。義足を持ち上げるのにもコツがあって、筋力だけでなく、技術で上げられるようになれば、楽に歩けます。

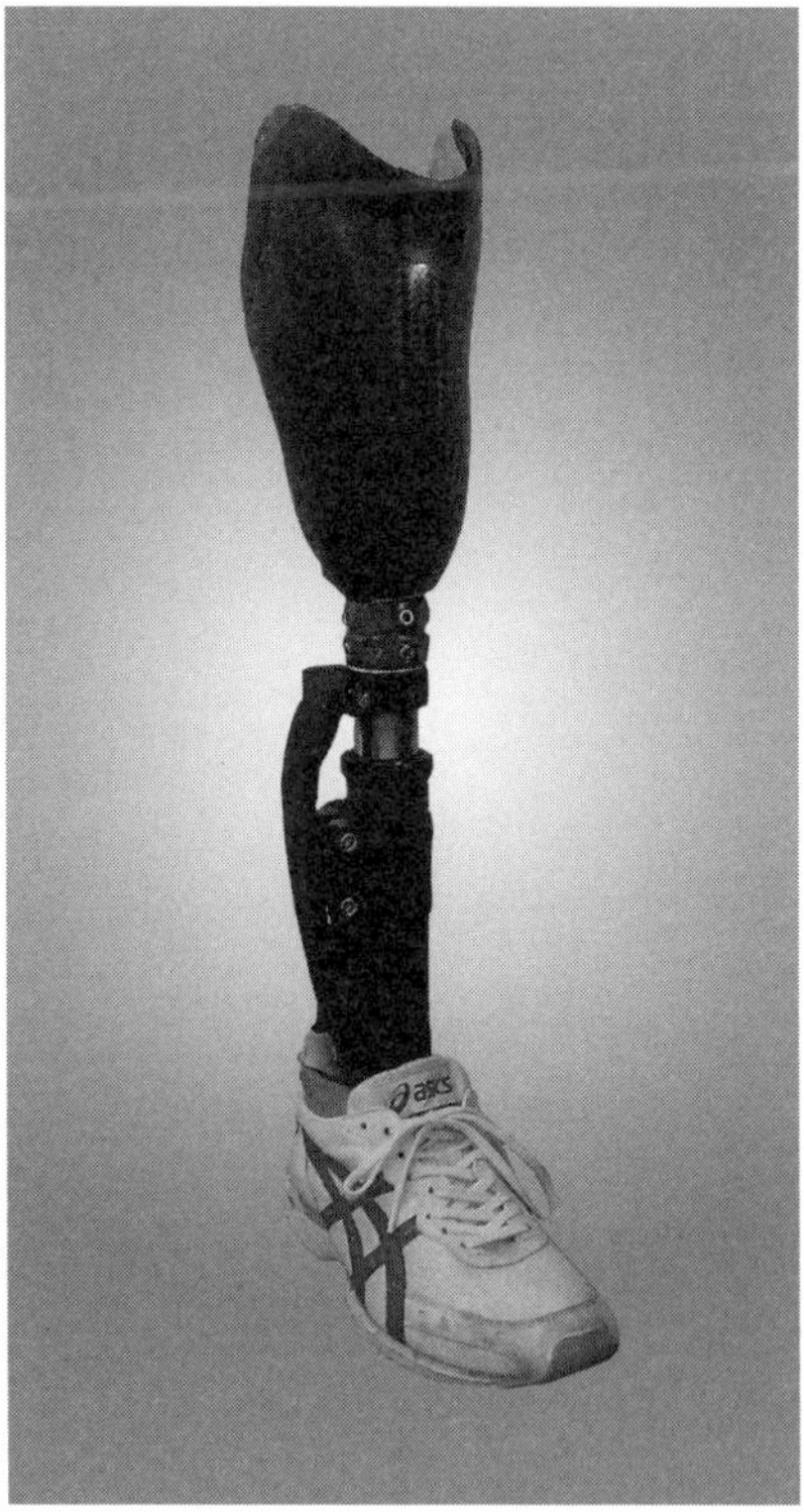

・競技用の義足

短距離走用の義足です。チーターの足に似ていることから、別名、チーターと呼ばれています。接地したときに、L字状になっているカーボン素材がしなって、推進力を生み出します。馴染《なじ》んでくれれば、足で蹴る感覚に近い動きが可能です。ただし、接地が上手くいかないと、ヒザがロックされたり、ヒザが必要以上に曲がってしまう危険性があります。

僕が使っている義足には、1～9までのカテゴリーがあります。数字が大きくなるほど素材の厚みが増し、硬くなりますので、反発力も大きくなりま

す。その分、転倒するリスクも増えてきます。

僕の体重（約63kg）はカテゴリー4に相当しますので、以前は4を使っていましたが、この義足を使いこなせるようになってきたので7に変えました。7の硬さを使いこなしている人は、世界でもほとんどいないみたいです。

ちなみに、この短距離走用の義足で走り高跳びをしている選手も、世界では僕一人だけです。


「義足について」

あとがき

僕は2000年4月から今まで日記を書いてきました。日記をつけるきっかけとなったのは、筑波大学時代に、跳躍コーチをしてくださっていた村木征人《むらきゆきと》先生からのひと言でした。

「どんなに短くてもいいから自分の記録を残しなさい。きっと役に立つから」と。

文章を書くのは大の苦手で、内心どうなるかと思いましたが、書くことが増えてくるので日に日に字数も増え、時には書き終えるのに1時間かかったこともありました。

そして、日記をつけ始めてからというもの、いつの日かこう思うようになりました。「2mをクリアしたら記念に本を出したいなぁ」と。

2mクリアした2年後、ついにその日が…。連載を書かせていた

あとがき

だいているスポーツイベント社よりオファーをいただいたのがきっかけで、スポーツライターの久保弘毅さんに書いていただけることになったのです。

「夢って長く思い続けていれば叶うものなんだなぁ」と改めて思った瞬間でもありました。本当は、自分で書きたいという思いが強かったのですが、知人より「自分で書くと自慢話になってしまうから」と聞いていましたし、僕の場合、落ち込んでいるところでもサラッと書いてしまいそうですので、伝わりにくいかなと思いまして……（笑）。

だから、今回は久保さんに託し、僕自身もすべてを久保さんにぶつけました。トリプルタイトル（そんなのあるかわかりませんが…）をつけるとしたら『ライター久保から見た鈴木徹』というふうになるでしょうか。

本の題名である『世界への道』――。これは僕の日記のタイトルでもあるのです。どうしてそのタイトルにしたかと言うと、当時は、パラリンピックを目指していたこともあり、単純に「世界大会に出場したい」という思いでつけました。

しかし、パラリンピック出場を果たしたあと、いつの間にかその〝世界〟というものが2mに変わっていったのです。そして、2mをクリアした今、僕が目指しているのは、パラリンピックの金メダル獲得と世界記録（2m10）の樹立です。

この2つは、日本人の義足の陸上選手としてはかつて成し得たことがない、いわば未知の世界。達成してみたいし、その姿を現役中に見てみたい。いずれは誰かが達成すると思いますが、それが僕だったら最高かなと……。

〝世界〟とは、僕にとっては夢そのものであり、たどり着きたい場所でもあるのです。叶えばまた次の新しい世界が待っている。終わりがない〝世界〟だからこそ、挑戦し甲斐があります。だから、僕は自分を成長させるために、いつまでもチャンレジャーでありたいと思っています。
最後に、これまで、僕をここまで成長させ、支えてくださったすべての皆様、ありがとうございました。皆様の誰かが欠けていたとしても、今の僕はありませんでした。今後は、皆様に少しでも恩返しできるよう自分の与えられた任務を全うしていきますので、今後ともご支援とご声援のほど、よろしくお願いいたします。

平成20年8月

鈴木　徹

主要参考資料

（書籍）
スポーツイベント・ハンドボール連載「夢に翔べ！」
“義足のハイジャンパー” 鈴木徹の挑戦

青春漂流　立花隆著（講談社文庫）

小山裕史のウォーキング革命　小山裕史著（講談社）

「心のブレーキ」の外し方　石井裕之著（フォレスト出版）

「もうひとりの自分」とうまく付き合う方法　石井裕之著（フォレスト出版）

タイツ先生のモノマネ野球教室　吉澤雅之著（白夜書房）

（インターネット関連）
Toru's　Web　義足のハイジャンパー

財団法人鉄道弘済会　義肢装具サポートセンター

週刊キャリア＆転職研究室　魂の仕事人　第22回

Kanpara　Press「跳躍の先に」「スタートライン」

YG　eyes　vol. 9

サントリースポーツサイトKick　Off　第10回

（新聞）
朝日新聞2008年5月13日～18日、
生活欄「患者を生きる　もっと高く」

PROFILE

鈴木　徹　すずき　とおる

（1980年５月４日・山梨県生まれ）駿台甲府高時代にハンドボールで国体３位。筑波大の入学直前に交通事故で右ヒザ下11cmから切断。「ハンドボールで復活するために始めた」陸上競技で走り高跳びに巡り会い、シドニー、アテネ両パラリンピックに出場。日本初の義足プロアスリートとして挑戦を続け、世界で３人目（義足では２人目）の２mジャンパーとなり、日本選手団の旗手を務める北京パラリンピックでは金メダル獲得を目指す。

・Toru's Web
http://www.tstyle.biz/
・（株）レプロエンタテイメント
http://www.lespros.co.jp/

久保　弘毅　くぼ　ひろき

（1971年生まれ、奈良県出身）テレビ局で実況アナウンサーを務めた後にスポーツライターに転向。著書に『宮﨑大輔もっと高く！ FRY HIGH!!』『当たって砕けろ！　～じゃあじゃあ～　冨松秋實の35年』（ともにスポーツイベント発行）などがある。

『世界への道』 “義足のハイジャンパー” 鈴木徹の生き様

2008年8月26日 初版第1刷発行

著 者 久保 弘毅

発行所 株式会社スポーツイベント

電 話 03－3253－5941（代表）

F A X 03－3253－5948

E-mail handball@sportsevent.jp

U R L http://www.sportsevent.jp

振 替 00140－5－11951

発売所 株式会社 社会評論社

電 話 03－3814－3861

DTP制作 株式会社スポーツイベント制作部

ISBN 978-4-7845-0635-4